Eu, que não amo ninguém

Eu, que não amo ninguém

Franklin Carvalho

Copyright © 2021 Franklin Carvalho
Eu, que não amo ninguém © Editora Reformatório

Editores
Marcelo Nocelli

Revisão
Marcelo Nocelli
Eliéser Baco (EM Comunicação)

Imagem de capa
Mateus Rodrigues

Design e editoração eletrônica
Negrito Produção Editorial

Dados Internacionais de Catalogação na Publicação (CIP)
Bibliotecária Juliana Farias Motta (CRB 7-5880)

Carvalho, Franklin, 1968-
    Eu, que não amo ninguém / Franklin Carvalho. – São Paulo:
Reformatório, 2021.
      192 p.; 14 x 21 cm.

    ISBN 978-85-66887-73-0

    1. Romance brasileiro. I. Título.
C331e   CDD B869.3

Índice para catálogo sistemático:
1. Romance brasileiro

Todos os direitos desta edição reservados à:

EDITORA REFORMATÓRIO
www.reformatorio.com.br

Para Dario Fo
Para Cita e Kátia Borges
Para Francisco Alberto Sales, fundador da Casa do Penedo

"Habitamos as pessoas. Moramos na nossa própria família, que nos guarda e nos aperta, e até nos primos de longe, de dentro do mato, residimos um pouco. Moramos nos vizinhos e também nos olhos dos cachorros da vizinhança. E os vizinhos também habitam aqui, dentro de mim e de ti, e fornecem as vozes que juntamos numa só para fabricar a minha, para fabricar a tua. Cada pessoa é uma igreja repleta de outras. Quando abro a boca e falo assim, de um sopro como agora, é porque uno numa mesma reta todos os espíritos que me frequentam, e os meto na obrigação de uma só voz."

João de Isidoro, o narrador

Língua

O que tem na venda é isso mesmo: mel, inhame e os doces que minha mulher faz. Ainda óleo e biscoitos, que vêm de fora, de barco mesmo. Cachaça não ofereço, nem cerveja nem desses licores que são feitos aqui em Alcântara ou nas cidades da Baixada. Nada contra quem usa, mas não tomo nem vendo, e ainda escapo da tentação ficando longe. Certo, está escrito que é armazém, e armazém negocia até os baldes de aguardente, varejo e atacado, mas eu vou mudar a placa que tem lá fora, que quase descasca. Vai se chamar Confeitaria, simplesmente, como hoje é mais moderno, esclarecendo quem passa nessas ruas de pedra.

Há quem ache que aqui não entra álcool porque sou muito religioso, mas é diferente: sou homem experimentado. Aprendi em casa mesmo, tomando lição de minha mãe viúva, quando menino, e poderia ter sido gente mais importante, tanto que gosto de livros. Mas na juventude me perdi, adotei más companhias e me acostumei ao vício. Entrei em trabalhos improvisados, até malvistos, e convivi com gente que quase se explodiu por excessos. Bebi muito, seguindo outros contumazes pobres e ricos, além do que vi gente desconhecida escornada pelos cantos dos bares, mesmo vestida em roupa de cetim e caras jaquetas de couro.

Eu, que não amo ninguém 9

Vim de baixo e de longe, lá da Bahia, e lutei muito para ser considerado nesta cidade de Alcântara, que é tão distante. O mais que faço é me comportar bem e conversar com os nativos, aqui mesmo no armazém, geralmente nesse horário, fim de tarde. Mais cedo é impossível, fico ocupado demais, negociando. Às três chega o pão quente e é aquele sufoco de crianças aparecerem para levar as encomendas das mães, afora que é hora de Rosa, minha mulher, trazer as bandejas de sonhos recheados, cocadas e doces de espécie, que pomos para vender. De uma hora para outra acaba tudo, é a merenda da meninada. Além disso, os visitantes que vêm a Alcântara e veem o zum-zum-zum chegam-se também, comem algum doce e logo depois vão embora da cidade no último barco do dia.

Mas nos fins de tarde, principalmente nas sextas e nos sábados, acontece de os mais chegados fazerem altas resenhas, sem um pingo de cachaça, somente pelo prazer de falar. Tudo é motivo, a vida alheia, o peixe alheio, a avaria de alguma embarcação, algo que não muda nunca e os aleijões que acontecem em todos os lugares. Vez em quando um quer cuspir e sai até a porta, espia as pedras vermelhas e quentes da rua e volta para sentar-se nesses mesmos bancos, tão antigos quanto esse casarão. Aqui em Alcântara, tudo é antigo ou se prepara para ficar velho. Como eu mesmo, que, achando bom ouvinte, conto e reconto a minha história: um pouco de memória e um pouco de mentira, com nuances de ensinamento.

Já trabalhei de bar, de circo e de empregado de alambique, portanto sempre perto da esbórnia. Mas minha estrela foi mais forte. Repito sempre, nas resenhas, as coisas que aprendi. A primeira delas: o dinheiro é o baralho que todo mundo joga, e é necessário ter dinheiro para as fomes todas, comida, amizade e amor. E a qualquer momento, por gratidão ou obrigação, será requerido pôr o dedo embaixo do martelo por outra pessoa, patrão, parente, vizinho, companheiro – os padeceres do pão.

Fato é que, desde a barriga da mãe, já tinha alguém mandando em mim. O coração materno parecia me apertar, os bofes mal-humorados me empurravam para sair, o umbigo me cobrava aluguel e o ventre queria me despejar. Desde que me entendo por gente, trabalho. Às vezes trabalhava para mim, o que dava muita raiva na humanidade, ver um rude desses puxando seu próprio arado, vendendo panos e modas, criando suas próprias galinhas. Mas no final acaba quase sendo elas por elas, trabalhar para os outros, trabalhar para si, o dinheiro pouco é o mesmo. Quando se nasce pobre, quais as carreiras? Ser feirante, comerciante, sapateiro, barbeiro? Isso não prospera. Um filho de rico continua sendo rico até morrer, mesmo que perca todas as propriedades. Arruma um bom emprego, tem padrinhos, vínculos importantes. Já o pobre, mesmo sendo autônomo, os seus próprios braços lhe apertam, lhe constringem a cintura.

A única diferença em ter patrão é a obrigação de seguir pela cabeça dos outros. A gente é pago para acompanhar. Às vezes os patrões tocam fogo na roça só para lucrar com apólices ou causar espanto nos empregados. Conheci uns chefes amuados, tive outros piores, cavalos brabos, e um que tinha um temperamento assombrado, uma vida assombrada, um olho estranho, que represava o futuro. Acho que ali eu convivi com um maluco. Ele valia por dois, e os dois dentro dele brigavam o tempo inteiro. Isso foi há muito tempo, e a história desse convívio demonstra como foi a minha sina por muito tempo, de bater e amassar o pão do Diabo. No final, tudo resultou em pouco dinheiro, mas não morri de fome nem de raiva. Vem daí também o meu desprezo pela cachaça e os miasmas que emanam dela.

Quando vivia na Bahia, acabei me metendo em complicação e tive que passar um tempo escondido, morando na roça, na casa de um pai de santo perto do Rio São Francisco. Eu vivia de favor e por isso procurava agir com boa vontade, limpando poço, lavando latrina, cortando quiabo, fazendo incenso, carregando água, espanando as imagens, ajudava em tudo. Às vezes, porém, me escondia em cima do telhado para fumar um cigarro ou somente para riscar meu nome no limo das telhas, distraído. Havia umas bananeiras tão grandes que mesmo no alto da casa jogavam suas enormes folhas e davam uma sombra muito fresca, onde eu podia passar horas.

Lá mesmo, de cima, eu ouvia o curador gritar: "João, João, tem trabalho, vagabundo". Mas, pirracento que sou, enrolava o cigarro e fumava ele todo, devagar. Somente quando o fumo relaxava os pulmões eu movia os ossos para escorregar do alto, pisando uma trilha de buracos que até hoje sou capaz de lembrar. Enquanto não me via, o pai de santo bufava e suava muito, vasculhando a casa sem me achar, mas depois não dizia nada.

Morei no terreiro por mais de três meses e, mesmo com minhas falhas, o povo da casa confiava em mim, e acabei conhecendo o fundamento dos preparativos. Às vezes, sabia mais do que os filhos de santo mais antigos. Era eu quem ia buscar as folhas de aroeira e de guiné, quem preparava os banhos que o curador engarrafava e até quem levava os despachos no mato. E havia outras coisas que eu sabia fazer melhor do que o próprio curador, porque já tinha frequentado outras casas de santo antes daquela. Eu que não quis atravessar a organização do terreiro, mas até hoje, se uma mãe de família disser que sumiu alguma coisa da sua casa, eu faço a oração e o nome do ladrão é revelado, seja parente, seja empregado, seja visita. Se tiver as folhas certas, eu rezo para qualquer demanda, basta o vento soprar. E se for para fazer amarração, sou um doutor da amarração usando um bicho de quatro patas e outros recursos. Usar a língua de boi e cinzas para derrotar adversários, até sei, só não faço.

Mas naquela casa eu me comportei bem, no geral, sereno e obediente a maior parte do tempo. Precisava mesmo de guarita, e o curador fez o favor de me abrigar. No começo tudo eram flores de alecrim, a tenda isolada no meio da caatinga, às vezes só nós dois, nenhum filho de santo vinha, o convívio bom. Com o passar do tempo é que ele começou a me tratar mal, achava que me sustentava sem proveito, vivia me mandando embora sem dizer de fato. Tudo dele era sempre daquele jeito, sem dizer.

Foi então que apareceu o serviço do Penedo, viajar para a cidade do Penedo, a minha oportunidade de sumir no mundo. Penedo já era outro estado, era Alagoas, e ainda me comentaram que o lugar era lindo e próspero, dinheiro e oportunidade molhando as mãos. Eu só tinha que ir lá entregar uma encomenda, o curador me pagava a viagem de ida e de volta, mais a comida do itinerário. Ia descer o Rio São Francisco e, no mais tardar com um dia, aportava no destino.

Eu, que não amo ninguém 13

Eu não havia contado nada a ninguém, mas tinha decidido aproveitar e mudar de vida. Não voltaria, ficaria no Penedo mesmo, ou em qualquer cidade vizinha, arranjaria trabalho por lá, me manteria escondido por uns tempos. Depois seguiria para onde quisesse, até voltava para a Bahia. E o pai de santo parecia mesmo saber que eu chegaria no destino e completaria a missão. Mas também dizia, do jeito dele, sem me falar nada, que concordava com o meu sumiço.

A encomenda foi um pó de atrair mulheres. Um fazendeiro do Penedo mandou um dos seus empregados vir na casa de santo fazer um pedido e pagar adiantado, somente para garantir a entrega em curto prazo. Eu vi o pó sendo preparado e observei o curador muito empenhado. Para um cliente que parecia ter muitas posses seria necessário um trabalho de respeito, que conquistasse confiança duradoura, e o saco de pó que eu levei na embarcação, no fundo do fundo da minha pouca bagagem, tinha fundamento de verdade, causaria furor e paixões até num convento. Ajudei a fazer e quase posso preparar sozinho, mesmo o que não me mostraram tenho uma noção. O mais difícil é conseguir o material, essa sim a parte cara. Tem coisas que é necessário esperar dias para ser achado, salvo se houver muito dinheiro investido para mandar buscar em diferentes lugares.

Antes de sair em viagem, no entanto, me veio uma ideia perversa, pela preocupação de cair no mundo com pouco dinheiro. Resolvi furtar o que também julgava ser meu e nem achei que desapontaria ninguém, pois fiz uma cópia muito semelhante do feitiço original, tanto na cor quanto na textura. Preparei uma imitação, com uma mistura de anil pilado, alfazema, pó de serragem e gengibre ralado. Ainda juntei uns pelos que tirei das minhas partes sensíveis, para dar alguma energia vital, e costurei num saquinho com esmero, como se fosse um amuleto.

Já tinha tudo arquitetado na cabeça. Chegaria ao Penedo, encontraria o cliente ansioso, ganhava uma boa gorjeta passando o embuste e ele mesmo, na fé em que se encontrava, arrumava o amor da sua vida, iludido que era magia. Então eu já estaria longe e venderia o feitiço verdadeiro para outro, muito caro. Podia até fazer uma demonstração para o cliente ver que funcionava. Podia também dividir entre vários clientes, ricos, jovens, apaixonados, que são capazes de perder heranças por causa de uma mulher. Acabaria, enfim, ganhando dois dinheiros ou três.

Eu deslizei pelo São Francisco como uma gota d'água escorrega entre dois lábios grandes, desafiando o sol de vez em quando, fixando os olhos no céu azulíssimo, e enfiando as pontas dos dedos na espuma que o barco fazia. Depois, vinha com os dedos pingando e molhava a testa e os cabelos, mas não levantava do convés. Durante a viagem eu comi bem com o dinheiro que me deram, a pança cheia de vários pirões, e naveguei de papo para o ar. Não ajudei ninguém a subir no barco, olhava sem interesse o trabalho da tripulação e mal me jogava de lado quando alguém pedia passagem em meio aos trambolhos que a embarcação transportava. Temia muito ser descoberto, e por isso mesmo tentei conversar o mínimo possível.

Eu, que não amo ninguém 15

A bagagem que carregava era quase a mesma que levei quando fui morar na tenda de santo, uma mala de bom couro e umas três camisas de cetim, peças de um tempo em que tinha dinheiro, além de umas calças já puídas e de bermudas gastas. Também, algumas roupas de algodão sem tintura, como uma calça amarrada de corda, que ganhei do curador para participar dos rituais. Era tudo meio apertado, porque, embora não passasse de um caboclo miúdo, eu engordei até arredondar o rosto nos tempos em que fiquei naquela roça. Afora as vestimentas, levava uns dois anéis e um relógio de mica fosca, arranhada, objetos tão desbotados que nem eram vaidade, só os guardava como peças de estima.

Cheguei ao Penedo na manhã de um dia claro e estranhei os enfeites no porto da Prainha, na entrada da cidade, e os fogos que cruzavam o céu por cima da Igreja das Correntes, templo antigo à beira-rio. Havia uma semana que 1965 começara e os barcos da cidade se movimentavam alinhados na procissão fluvial de Bom Jesus dos Navegantes, levando correnteza abaixo a imagem do santo, os fiéis e uma banda que tocava hinos. Uma multidão se aglomerava às margens do rio entre barracas de comida e muitos cavalos selados. Com aquela movimentação, tivemos que esperar para atracar, mas ninguém se incomodava, ainda mais com a beleza que passava nas outras embarcações.

Para mim tudo era encanto. Eu esperava encontrar uma cidade maior do que aquelas que via no sertão seco, mas não imaginava que ali, longe de Salvador e das grandes capitais, houvesse igrejas e casarões tão enormes e bonitos, que mais pareciam coisas dos livros de reinos encantados, cavaleiros e castelos. Conforme conferi depois, tinha construções com paredes da largura do meu braço e certas portas que um homem fraco não conseguia empurrar sozinho. Eu me perguntava por que aquela gente toda de antigamente, e haja antigamente nisso, tinha ido parar num lugar tão distante, e feito aquelas ruas bem calçadas, subindo e descendo as ladeiras, e erguido tantos palácios à beira do rio. Quantas vidas teriam sido sacrificadas numa peleja daquelas, vidas sem água e sem descanso, acorrentadas? Penedo, naquela hora, emergiu para mim com a força dos antigos portos que a história descreve. E eu não deixava de crer que os foguetes estavam estourando como um convite, como se dissessem "Vem, João, para tua vida nova, vem João, ganhar dinheiro nessa terra" e o Senhor Bom Jesus dos Navegantes quisesse me abraçar e me dar repouso.

Um empregado do Engenho Novo do Penedo me contou que Francisco dos Anjos, o proprietário daquelas terras, tinha agido de forma muito estranha na véspera da minha chegada. Disse ele que o patrão, vendo uma chuva pesada se aproximar no final da tarde, não correra para se abrigar. Pelo contrário, estancara no aguaceiro, deixando a roupa encharcar-se. Aquilo havia causado grande estranhamento em todos que testemunharam o fato, primeiro porque o homem se pelava de medo de chuva desde alguns passados anos, quando o seu único irmão, que era gêmeo, desaparecera numa tempestade. Depois, o tal Francisco era pessoa de fazer tudo sempre igual, ano após ano, repetindo todas as coisas, regular como um missal, e até sentir medo de chuva era uma sua rotina.

Eu, que não amo ninguém 17

Já havia uma boa hora que eu tinha atravessado a cancela daquelas terras, na verdade uma fazenda de cana com uma moenda no centro, uma das últimas propriedades desse tipo na região onde as grandes usinas aumentavam os seus domínios. Logo topei com um casarão branco que ressaía entre árvores frondosas, com portas e janelas abertas para todas as direções. A casa era rústica, tendo à frente uma calçada de cimento cru e um alpendre de telhas queimadas. Quando me aproximei, percebi que até a madeira que sustentava o telhado era mal talhada, quase de lenha, ali não havia luxo.

O interior da casa, que pude entrever do alpendre, ao me anunciar, também era simples, com pedra talhada forrando o chão, paredes caiadas de branco e telhado sem forro. A mobília, pouca e limpa, estava relegada aos cantos, como para não estorvar o caminho dos moradores. Enquanto eu esperava na varanda para ser atendido pelo dono do engenho, o tal empregado que me atendeu, um velho apelidado Gazo, branco, falador e curioso, tentou a todo custo saber a que viera, se ali ia ficar, e se eu tinha fumo.

— É tudo breve, mensagem breve, passagem breve. Só serve assim a vida — respondi, cedendo tabaco e papel.

Ainda tive de aguentar uma hora inteira de espera e nem água me ofereceram, nem eu tive coragem de pedir. Já passava do meio dia, o dono estava campeando pelas suas terras, fiscalizando o canavial e meu estômago roncava. Aproveitando que o Gazo tinha me largado, eu fui espiar o entorno da casa e somente então percebi uma capelinha formosa, com uma porta na frente e outra em cada parede lateral, todas abertas. Já tinham me dito no Penedo que Francisco dos Anjos era muito arredio e raro na cidade, e quando aparecia ia direto às igrejas, o que sinalizava sua devoção católica, talvez de berço. Falaram também que ele era um forasteiro que tinha chegado ali havia uns trinta anos, e que não tinha parentes nos arredores. Nada de certo, apenas boatos na Prainha do Penedo e no carro de aluguel que me levou com a bagagem até o engenho, e que dispensei assim que cheguei. Comentários como nuvens de moscas.

Mas a capela do Engenho Novo era linda demais, muito antiga e arrumada para estar na vizinhança de uma casa tão despojada. Ela era soberba, mesmo minúscula, e eu fui entrando, a fome enganada, até me colocar diante do altar montado em mármore, enfeitado com velas acesas e imagens delicadas, olhando para o seu grande crucifixo, para o teto pintado com desenhos de anjos e de flores. Eu já reparava em algumas lápides incrustadas no chão quando ouvi uma voz forte como trovão bradar atrás de mim.

— Não estraga o feitiço entrar com ele em paredes cristãs, baiano?

Tremi como se tivesse ouvido uma voz do fim do mundo, mas me voltei e pude ver um homem alto, vestido com roupas de algodão brancas e surradas. Adivinhei que era o tal Francisco, só podia ser, um sujeito maduro, mas não velho, forte e alvo quase como as roupas que usava, de bigode grisalho e cabelos também cinzentos e assanhados. Diante da pergunta, eu fiquei algum tempo sem ter o que dizer, mas dei uma resposta inspirada.

— Feitiço é como remédio, pode ser usado em qualquer lugar. Ainda mais que é para quando o senhor sair de casa, for visitar as mulheres na feira, na praça, na rua, na igreja. Como fosse um perfume.

Eu, que não amo ninguém 19

— Nada disso – disse ele. — Pelo menos vamos conversar fora da capela. Não quero tratar de negócio em lugar sagrado.

Caminhei até a porta da capela, num ponto em que ainda havia sombra, e me emparelhei com o homem de fronte suada. Ele me encarava quase como se fosse morder a minha face, e parecia querer me intimidar. Encurtei a conversa. Tirei do bolso da calça o saco de pano que imitava um patuá, costurado na superfície com uma linha que lhe arrematava um pentagrama, a pretexto de símbolo de feitiçaria, e o entreguei.

Eu estava tremendo um pouco, mas preferi acreditar que era fome e isso me ajudou a mentir. Enquanto eu falava, a ânsia cresceu tanto que já me tomava as pernas, os braços e tudo o mais. Era a única razão que eu escutava.

— Basta rasgar esse saco aí e jogar um pouco, uma ponta de unha em cima do corpo – falei. Disse-lhe também que queria alguma gratificação por ter feito o transporte, que não entendia daquelas coisas, e só aceitei fazer a entrega porque era por uma boa causa.

— Mas o senhor sabe que só pode ir embora depois que o pó funcionar, não? Seu patrão lhe contou?

— Não senhor, ele não me disse... — Foi então que a mentira subiu à goela como uma grande verme tênia, querendo ser vomitada do estômago vazio. Lutei muito para disfarçar. Senti que minha cara tinha mudado de cor e abaixei logo a cabeça, ajeitando o cinto da calça e o bolso que acabara de remexer, e deixara para fora.

Danou-se, pensei, e me vi preso naquela armadilha, sem jeito de me desmentir e entregar o verdadeiro pó da encomenda. Fiz o que faço sempre nesse tipo de ocasião: menti ainda mais, até para mim mesmo, lá no fundo, e prometi nunca mais rever aquela decisão, nunca me confessar, nunca me desculpar. Disse lá nas costas da alma e confirmei comigo mesmo, segurando os olhos trêmulos que insistiam em piscar, "Nada aconteceu. Sossegue, tudo vai dar certo". Enquanto aquelas coisas passavam na minha cabeça, Francisco dos Anjos não parava de matracar intimações, uma atrás da outra.

— E não se preocupe não, aqui o senhor vai ter comida e cama e vai ser bem tratado... E vai ter que trabalhar também. Eu não quero ninguém parado na minha casa, pensando bobagem.

— O senhor... – E ele não me deixava terminar uma frase.

— Já plantou cana?

— Não senhor...

— Já fez açúcar ou cachaça, já trabalhou em alambique?

— Não, senhor...

— Sabe ler, escrever?

— Sei até demais para o meu gasto. Já trabalhei com engenheiro abrindo estradas. Li muita coisa de igreja. Escrevo até discurso, se for preciso...

— Já chega, já chega, já basta. Como é o seu nome?

— João de Isidoro.

— É nome próprio ou de alguma entidade que baixa lá no terreiro?

— Não senhor, o meu nome é João Batista do Vale, somente. Isidoro era meu pai, que morreu quando eu nasci, mas o nome ficou, é assim que todos me chamam.

Francisco dos Anjos estendeu a mão, que agarrei, e puxou-me pelo braço. Cobriu meu ombro com a outra mão, e levou-me para dentro da sua casa. No caminho, explicou que

Eu, que não amo ninguém 21

era mesmo exigente, e avisou que eu deveria me acostumar. Disse que me aproveitaria para fazer a contabilidade do engenho, mas que não tinha como confiar muita coisa a um estranho, eu ia somente ajudar o seu contador. O resto do tempo, ficaria disponível para outras ordens.

Pensei que estávamos indo almoçar, mas o patrão mostrou nem se importar com comida àquela hora, e me conduziu a um escritório cheio de livros. Lá, sentamos a uma mesa de maçaranduba sem toalha, ele pôs papel e caneta na minha mão e disse que ia ditar uma carta.

— Eu planto cana há muito tempo – falou empolgado, como se lhe alegrasse a oportunidade de conversar com um estranho. — A escrita é mais difícil, só faço garranchos e deixo canteiros secos. Já li muito, quase todos os livros dessa sala. Mas se eu for escrever o que vou lhe ditar agora, pensar e escrever ao mesmo tempo, às vezes parece que é muito difícil para mim, eu perco a inspiração. Minha vista vai turvar e eu esqueço de dizer o mais importante. Escreva aí: "Querida Jandira..."

Então ele ditou uma carta de amor bonita e emocionada como nunca eu soube que pudesse haver. Às vezes voltava atrás no que queria, corrigia, mas poucas vezes. A carta, pelo que me lembro, ficou mais ou menos assim:

"Querida Jandira,

Deus lhe dê em dobro tudo o que esteja me desejando. Sossego, sombra, frutas para comer bem cedo e água doce. Aqui no Engenho Novo, o mar tão longe, muitas vezes vejo um homem buscando o mar e procurando você até onde a vista alcança. Esse homem sou eu, e o mar são as perguntas que faço. Aonde é que você foi? Por quê? Era primavera, eu pensava em termos um filho. Não fiz nada de errado, fui bom marido. Depois, tudo virou pesadelo.

Em algum momento apareceu entre nós uma negativa que servia para qualquer gesto de carinho. Era como se minhas mãos estivessem sujas e não pudessem mais tocá-la. Entre nós dois, um muro alto feito apenas de silêncio. Nem metal nem pedra, apenas silêncio, impossível derrubá-lo.

Vi que seu coração é como uma cidade antiga, com ruas tortas e estreitas que quase não se cruzam e confundem os caminhantes, mas eu morava no centro e conhecia todas as vias. O que houve com seu coração para que eu não achasse mais passagem dentro dele?

Até hoje, eu penso nas coisas que você deixou para trás, seu xale, seu tamanco, seu fole de acender fogão. Penso se vale a pena segui-la e lhe entregar esses motivos. Depois eu creio que nada será resgatado. Onde encontrá-la? É o tal mar que o homem observa. Enquanto o amante cogita, o tempo passa vincando a sua pele, arrancando as cascas das árvores, levando as folhas podres aos charcos.

Aqui o tempo se levanta todas as manhãs e se põe no fim da tarde. Nós o vemos novo, crescente, cheio e minguante e mais uma vez novo. O tempo chove, o tempo enche o São Francisco, o tempo escorre rio abaixo, o tempo carrega peixes, o tempo banha e alimenta os meninos. E há só o tempo, Jandira, o amante tem o mar inteiro de tempo pela frente.

Por isso escrevo essa carta fantasma endereçada à gaveta da escrivaninha. São palavras que encontrei no lençol branco no dia em que acordei sozinho. Como não queria perdê-las, faço este embrulho e guardo em lugar seguro. É como posso me ocupar, dar mais e mais para o tempo levar. Dar a saudade, dar as palavras, dar o tempo ao tempo que tudo devora.

Eu, que não amo ninguém 23

O amor é como aqueles becos perigosos em que entramos e no dia seguinte nos perguntamos: Como é que eu fui passar ali? Podia ter sido roubado, já era meia-noite, como fui tão desatento? E, no entanto, voltamos ao mesmo beco, andando por caminhos novos, tentando evitá-lo, saindo com vida no mesmo cais. No fim entendemos que não fomos nós. O tempo foi quem entrou pelo beco para nos mostrar que nada teme. Foi ele quem emprestou nossos pés para seguir suas rotas. O tempo foi quem amou, o tempo quem teve medo, o tempo quem levou tudo, o tempo quem riu de nós.

Saiba, minha querida, o tempo foi quem ficou aqui.

Com amor,

Francisco dos Anjos"

Almocei um ensopado de boi já pelas três horas da tarde, sentado sozinho na copa do engenho. Depois que comi, a cozinheira, uma velha gorda, branca e muda, mostrou os meus aposentos nos fundos da casa e disse em gestos que eu podia ficar lá até segunda ordem do patrão. Cansado, acabei pegando no sono numa cama com colchão de palha e forro de chita, e quando acordei já estava ficando escuro. Levantei com dores no pescoço, me refiz e tentei sair, mas percebi que a porta estava fechada pelo lado de fora. Procurei forçar a passagem mas não houve jeito. Pensei em gritar, mas tive receio de me indispor com o dono do engenho.

Parei de resistir e fiquei no escuro por quase uma hora, acabrunhado. De repente, ouvi passos se aproximando e, em seguida, alguém mexendo na tranca. Era o Gazo intrometido que estava me soltando. Assim que abriu a porta, quis avançar contra ele, imaginando que se tratava de uma brincadeira de mau gosto. O homem, no entanto, disse logo:

— O patrão mandou trancar o senhor. Disse que quando o senhor tiver fora das vistas dele, sem fazer nada, vai ficar aqui no cadeado.

— Como é que é?

— Ordem de seu Francisco. Qualquer coisa pergunte ao homem. Vou levar o senhor para banhar, ele quer lhe ver.

Chegamos ao banheiro, que ficava no mesmo corredor do meu quarto, e o Gazo acendeu um candeeiro que revelou o compartimento apertado, com chão cimentado, uma latrina tampada com uma tábua e um buraco para escoamento, como um ralo. Num dos cantos havia uma lata com água fria e uma cuia dentro. Enquanto eu me banhava, o velho, do lado de fora, puxava uma conversa estranha:

— Será que ele vai deixar o senhor sair daqui logo?

— Claro que sim... A escravidão acabou, somos homens livres...

— Mas o seu Francisco é quem manda no engenho. O senhor não é empregado da cana como os peões, que vêm e voltam todo dia para a cidade, de carro de boi ou de automóvel. Se o patrão deu ordem para o senhor ficar é porque tem alguma exigência a mais, alguma dívida. É um contrato mais duradouro, como eu e a Muda. Que nem um casamento, se bem que no caso do chefe casamento é uma coisa que nunca deu certo.

— Que tanta dificuldade é essa de arrumar mulher para um homem que tem casa, propriedade e trabalho?

— O chefe vai lhe falar logo. É isso o que ele faz quando chega alguém por aqui. Ele fala das mulheres. Das mulheres que ele perdeu. Dona Anita, dona Julieta, dona Jandira. Ele não lhe disse?

Eu, que não amo ninguém 25

— Falou dessa última aí...

— Pois todas fugiram. Não aguentaram o patrão... Já terminou o banho? Se preocupe não, o patrão vai lhe contar essas coisas todas. Ele faz tudo sempre igual. Igual sempre. Vai ver que é por isso que perde mulher atrás de mulher.

Sentei-me limpo, mas ainda sentindo a ressaca da viagem, à mesma mesa de maçaranduba de quando cheguei. Daquela vez havia uma toalha de renda branca forrando a madeira. Francisco dos Anjos iniciou um segundo ditado que seria, segundo ele, uma carta cômica, com crítica de costumes, mas que ao final eu achei que não passava de uma indireta para mim:

"Peço a Deus que me torne estúpido. Ao ponto de não ver distinção entre o afagar e o afanar. Que eu não entenda os problemas, as cáries nem mesmo a ignorância que me consomem, nem veja solução senão esquecê-los. Que eu esqueça também das minhas dívidas e que meus credores fiquem esquecidos de cobrá-las. Que eu, contrariando todos os mandamentos, possa alegar em meu próprio favor a ignorância das Escrituras e das leis dos homens.

Faça-me, senhor, muito bobo para as mulheres, a ponto de não acordar na noite em que a minha esposa, se eu tiver esposa, deite com outro homem. E se esse homem deixar algum vinho em meu quarto, que eu possa beber do vinho pensando ser presente, e coma também do charque deixado na traição, com satisfação. Porque o dano de tudo não é viver, mas saber. Principalmente, meu Deus, que eu não entenda o desprezo, o achincalhe, o olhar reprovador do vizinho, a zombaria dos que se acham superiores. E que isso não seja por nobreza de caráter ou orgulho, pois que até essas qualidades quererão me roubar. Que a minha riqueza seja não conhecer o valor das coisas.

Se me forem tirar o teto, que eu antes não saiba o que seja teto. Deus me deixe gordo, mas, se for magro, que me baste uma hóstia como repasto. Faça-me, finalmente, esquecer que escrevi essas palavras, depois de vendê-las por qualquer moeda. Depois, Senhor, depois que eu perder a moeda, que vá ao padre e ele me dê algum pão. Que esse fiel, assim que houver perdido tudo, finalmente, ainda espere algo haver, mesmo que a manhã o ameace. Bobo de só ter os meus cabelos e as mulheres desleixadas. Que os que rosnam por ambição caiam mil ao meu lado e dez mil à minha direita. Prepare-me uma ceia na frente dos meus inimigos.

Ah, infinita maravilha. Deixa-me, Deus, esquecer-me de mim. Dai-me uma mulher perdida que eu não apedrejo não. E se o trabalho tem que vir, que a memória seja mais leve quanto mais pesada a carga.

Que eu seja rápido no roubo e tenha vagar no arrepender. É assim que nos convém. Eu quero a paz de comer escondido, de viver escondido, ter somente Vós por companheiro. E que os becos escuros continuem escuros, as praias desertas continuem desertas, e as minhas dores, se as tiver, deixa-me senti-las como prenúncio de um milagre. Que eu me engane em minha pouca fé para que Vós acrediteis em mim pouco também.

Do Teu sofrido filho,

Francisco dos Anjos"

Fui até o final da carta somente para medir o atrevimento do homem. Francisco dos Anjos era mesmo o Demônio, e me olhava rindo, encaixado em sua poltrona, quando parei de escrever. Dos dois candeeiros pequenos da sala, que nos iluminavam mal e mal, um foi apagado pelo vento, sem que ninguém se movesse para recobrá-lo.

— A que vem essa cantilena? – perguntei, sentindo-me realmente ofendido.

— O senhor não entende? Estou lhe dando a chance de ficar mais à vontade, conversar... Não se preocupe com muita cerimônia, parece que vamos passar uns bons dias por aqui.

— O senhor...

— Eu fiz muita besteira na vida. Não é possível que o senhor, que se dispõe a viajar tão longe, carregue menos pecados... Não quer dizer nada? Pois eu vou lhe contar uma história...

Ele apagou o outro candeeiro e ficamos só com a claridade que vinha, através de uma janela, do lampião aceso na varanda. Os outros cômodos estavam também precariamente iluminados pela mesma fonte. O Gazo e a cozinheira não apareciam nem faziam nenhum barulho, talvez já estivessem dormindo. Uma bulha de grilos e outros insetos enxovalhava a noite. Sabendo que eu ainda estava irritado, Francisco dos Anjos contou o seu arremedo de fábula bem devagar. Ria de vez em quando um riso que lhe deixava a voz fina como a de um menino, e depois retomava a grosseria e os coices no timbre.

Disse-me que quando era rapazote havia estudado por quatro anos em Maceió, morando com outros jovens numa espécie de república instalada em uma grande casa. Havia com eles rapazes de diversos estados, inclusive alguns que estavam apenas começando suas carreiras de ciências para depois concluí-las na Bahia ou em terras mais distantes.

Os estudantes passavam o dia inteiro fora, em aulas ou cortejando moças. Muitas vezes eles viajavam para ver familiares ou resolver negócios e incumbiam os que permaneciam de guardar os seus pertences, ameaçando-os com penalidades severas caso uma simples meia desaparecesse. A ameaça provocava um enorme temor nos mais novos, principalmente nos calouros vindos de localidades mais remotas, inocentes das armadilhas de cidades grandes. Para piorar, os veteranos aplicavam trotes perversos, fazendo com que os novatos se mantivessem constantemente em vigília.

Segundo Francisco dos Anjos, houve uma vez em que viajaram todos, à exceção dele e de um rapazinho mais novo e completamente parvo. Era quase fim do ano e os vizinhos comentavam nas calçadas que um certo Zé Amado, ladrão, acabara de sair de um manicômio e reiniciara a sua carreira de desfalcar as casas das famílias de Maceió. Tinha fama, aquele Zé Amado, de ser um bandido demente que invadia as cozinhas alheias, devorava as comidas e defecava nas panelas. Às vezes ele chegava ao desplante de procurar o dono da casa no dia seguinte e dizer-lhe que a comida ali encontrada havia sido pouca, ou sem gosto, ou azeda, ou ainda que lhe dera disenteria. Alguns dos proprietários achavam graça naquilo, tinham piedade daquele doido de olhos verdes como esmeraldas e entendiam tudo como chacota. Outros procuravam o delegado, pediam a prisão do malandro e tinham o consolo de ver Zé Amado ser encarcerado por um dia ou dois, além de resgatarem qualquer coisa de maior valor que com ele fosse apreendida.

Eu, que não amo ninguém 29

Francisco dos Anjos contou que naquela época quase não dormia, fiado na sua missão de guardar o alheio. Para completar a sua danação, distraído no sono acumulado, furara o pé em um prego enferrujado no quintal da casa dos estudantes, perdendo muito sangue e a paciência que lhe restava. Passara quase três dias naquele incômodo geral e, faltando somente uma noite para a volta dos condôminos, as pálpebras do sentinela já se dobrando em rugas, ele ouviu no escuro da madrugada uma tampa de panela cair e rolar pelo chão da cozinha. Não foi preciso muito esforço para saber que ali estava o próprio Zé Amado, para roubar miudezas e para tirar alguma merenda.

A primeira ideia de Francisco foi rumar sozinho para a cozinha – nem tencionou acordar o inútil do seu colega. Como sabia que ia lidar com louco, de louco também se fez e tentou as coisas com mais esperteza. Zé Amado já comia os restos de um frango abandonado na noite das panelas, quando o nosso estudante lhe apareceu com um prato cheio de espumas, uma vela acesa e uma navalha nas mãos. Assim que a luz foi acesa o bandido expressou alguma surpresa, mas seus olhos, verdes e brilhantes, pareciam ainda muito serenos.

— Quem és tu? – Perguntou o Zé Amado.

— Sou o barbeiro da casa. É que aqui fazemos as barbas das visitas.

— Se fazemos as barbas das visitas? Entonces se fazemos a minha barba, se fazemos?

Zé Amado ajeitou-se numa das cadeiras da cozinha e esticou as pernas até não poder mais. Continuou comendo uma coxa de frango enquanto Francisco amarrou-lhe um pano de prato ao pescoço, à guisa de toalha, e lhe lambuzou o rosto com espuma. Dali a pouco, a cara do doido já depilada, o estudante perguntou:

— Vós sabeis que frango dá cabelo na língua? É preciso raspá-la também.

— Mesmo, mestre? Mestre raspe – e o Zé meteu a língua para fora.

O que aconteceu então, Francisco dos Anjos me contou depois de um daqueles risos de criança. A navalha fez saltar fora um bom pedaço da língua do demente, que saiu surtado, cuspindo sangue, zoando pela vizinhança e acordando todos.

— Os vizinhos descobriram que eu tinha feito aquele corte, e foram duros comigo nos dias seguintes. As mulheres não me olhavam, escondiam as crianças à minha passagem. Os homens simplesmente calavam quando eu aparecia em qualquer ambiente. Os outros estudantes, chegando de viagem, reclamaram muito e depois evitavam me dirigir a palavra. Até quem se mudou para aquela casa nos meses seguintes fugia de mim quando sabia da história. E com o passar dos anos, as coisas mudaram pouco, fiz quase nenhum amigo enquanto vivi em Maceió. Triste e solitário, não tive outro desejo senão voltar para o Penedo, estas terras da família, depois que terminei o curso Normal. E o senhor, o que já fez de atravessado?

—– Espere lá o senhor. Eu também posso ter a minha opinião sobre esse maltrato com um doente mental...

— Era um patife, isso sim, e ser doente mental muitas vezes é esperteza de alguns... Além do mais, eu era muito jovem. Não sei se hoje faria a mesma coisa. Talvez sim, talvez não. Mas espero que o senhor se apresente com mais franqueza, ou é melhor eu passar a noite sozinho na varanda. O senhor

Eu, que não amo ninguém 31

está consumindo o fumo da minha mesa, e eu não vou desperdiçar o meu melhor tabaco sem receber nada... Que falta de animação para uma conversa.

— O senhor nunca pensou em ajudar aquele pobre elemento, ou pedir perdão?

— O sujeito ganhou muito comigo, aprendeu a lição dele. Mas isso eu nem preciso lhe contar... Agora eu quero ouvir as histórias de um viajante que está em minha casa. Nas minhas terras, de tudo eu sei o nome e a história, não acha que é um direito que eu tenho?

Ficamos em silêncio por alguns minutos. Sem pedir licença, tomei o fósforo de cima da mesa e acendi os candeeiros, para escapar do ridículo que era aquele escuro. Eu tinha vontade de me revoltar e cobrar um tratamento de hóspede, já que estava ali a negócios. Com certeza, a sanha dele era encontrar argumento que lhe permitisse me humilhar.

Francisco me olhava, me olhava, me olhava, até que resolvi enfrentá-lo nos olhos. Foi então que ele levantou a cabeça e lançou a vista para algum ponto remoto, fora da casa, e eu pude perceber que caíra numa armadilha. Enquanto me mantinha sozinho no foco de seu olhar, ele se revelava meu dono. Mirando o infinito, mostrava que possuía tudo à minha volta, o engenho, o chão e o ar que me cercava. Naquela estranha condição, deixei a solenidade de lado, peguei outro papel de seda, um pouco de fumo, fiz um cigarro e acendi.

— Escute – ele disse —, aquela experiência com o bandido me ensinou que na hora do crime todo mundo é fraco, o criminoso e a vítima.

— É, mas aí vale mais a sorte de cada um. Eu mesmo, que sempre fui franzino, já resgatei carneiros e bodes que tinham sido levados por fazendeiros ladrões, metidos a espertos. Depois eu vendi os bichos em cidades distantes e mandei o dinheiro para os verdadeiros donos da criação, que tinham me contratado ou eram meus amigos. Por outros amigos decentes, eu também já me embrenhei no mato para cobrar maus pagadores. Alguns dos velhacos precisaram de surra. Antes de vir para cá eu estava me escondendo da polícia lá na casa do curador. Mas a razão de eu estar escondido não foi por causa desses trabalhos. Ah, não!

— O que foi, então?

— Foi por causa de um circo-de-quatro-paus...

— Um circo? Safadeza...

— Pois é. Já tive um circo-de-quatro-paus. Era só transportar a lona e as estacas, arrumar a banda e botar as mulheres para dançar com roupas curtas. Chegava numa cidade, num dia de feira, armava as quatro estacas num quadrado, cercava com a lona escura e deixava só uma fresta para os homens entrarem e assistirem o forró e as rumbeiras. Arrumava muito dinheiro num lugar, em outro, era expulso... A última vez foi recente, recente, numa cidade miúda, muito pobre, no sertão da Bahia. O delegado que tinha lá mandou que eu fosse embora, pois a situação política estava estranha até para ele, com esse negócio de revolução no país. Antes, porém, antes de eu desarmar a lona, a filha dele, mais católica do que o Diabo, veio com dois de seus empregados tirar satisfações e nos dar lição de moral.

Os tocadores que andavam comigo, que eram uns três irmãos muito nervosos, não gostaram nada da história e aí se sucedeu uma pancadaria que acabou entrando por toda a feira e pelo mercado municipal. O fato chegou a sair pu-

Eu, que não amo ninguém 33

blicado num jornal de Salvador, confundido com revolta de lavradores, liga camponesa, coisa de comunista etc. Sei que o mundo parecia estar virando de cabeça para baixo, os padres muito revoltados, ficou impossível levar o circo-de-quatro--paus a qualquer parte. Eu era conhecido em muitas cidades, não tive outra solução senão me esconder. Fui parar na casa de um curador, na casa de outro, estou há meses nessa peleja. O senhor está satisfeito agora? Já sabe dos meus podres.

O homem não falou nada por um bom tempo, como se estivesse decepcionado com a falta de charme do meu passado. Apenas enrolou a conversa e mais um cigarro, fumou e disse que devíamos nos recolher, pois faríamos uma visita no dia seguinte, logo cedo. Ele não me contou mais nada desse passeio que nos esperava, mas me deu um candeeiro, papel de cigarro, uma mão de fumo e uma caixa de fósforos. Também me pediu que rezasse naquela noite pela alma dos ladrões. Eu retruquei que não era parceiro de ladrão nenhum, mas ele respondeu:

— Todo mundo conhece um ladrão. O tempo, a morte, Deus me perdoe falar nela a esta hora, mas é outra. Ainda tem o Inimigo, os inimigos, os amigos e os parentes. Se não tiver ninguém de memória, reze por Olho-de-Gato. Já ouviu falar dele?

— Quem é?

— Olho-de-Gato não tem língua, é aquele mesmo Zé Amado que eu cortei. Como não fala mais, mantém segredo do que faz, como todo ladrão que se preza. Não pode mais dizer o próprio nome e o povo de hoje só sabe que ele tem os olhos verdes, vão longe os comentários sobre as proezas. Algumas vezes já veio no Penedo, me encontrou por aqui, não sei como, e aqui ele ficou manso, não roubou ninguém. Chegou devagar, sentou à noite na varanda e me fez rir, dramatizando as suas histórias com mímicas.

Eu, ainda sentado, recostei a nuca no espaldar da cadeira e respirei fundo, desconfiado de toda aquela lorota. O patrão não devia estar em seu juízo perfeito, e tinha me convidado para uma dança sem sentido, que só João de Isidoro aceitaria partilhar. É o que eu falo muitas vezes, os chefes só querem companhia, o resto é pretexto.

Não visitamos ninguém no dia seguinte nem nos três meses que se sucederam. Passou o Carnaval, eu soube do bloco do Zé Pereira do outro do lado do Rio São Francisco, na cidade de Neópolis, e daquelas brincadeiras de jogar farinha e melaço nas ruas, mas não saí do Engenho Novo. Somente na Semana Santa eu pude ir, no Domingo de Páscoa, com o patrão na Igreja de São Gonçalo, que era outra construção enorme, de duzentos anos, com a fachada decorada por flores esculpidas em pedras, como grandes joias.

O melhor de tudo foi que, depois do meu primeiro dia no engenho, não houve mais a brincadeira de me trancarem no quarto. Com o passar do tempo, passei a acordar cedo e a acompanhar todos os dias o corte, a moedura e a pesagem na fatura do açúcar, mas era algo sem sentido, porque nenhuma rotina de contabilidade me foi imposta. Por outro lado, todas as vezes em que o chefe me via, arrumava alguma coisa pesada para eu fazer, nem que fosse secundando a cozinheira Muda e o velho Gazo. Aqueles dois empregados eram os únicos na propriedade que falavam comigo – cada um a seu

Eu, que não amo ninguém 35

jeito. E eu pensava em perguntar ao patrão por que proibira os outros de me dirigirem a palavra – devia ter sido ele, só podia ser.

Não entendia também por que o chefe não usava logo o pó de chamar mulher, e o descobria falso, ou, ao contrário, se enchia de confiança e arrojo, ainda que enganado. E por que tinha parado de me procurar para conversar? Ainda me intrigava o fato de ele ser um cidadão remediado, esforçado para fazer o engenho gerar algum lucro, mas viver isolado. Na primeira vez em que ousei questionar esses assuntos, porém, ele respondeu:

— Eu já lhe disse que o senhor tem uma língua muito bonita?

Jurupari

Mais peçonhentos que os bichos são certas pessoas, isso quem diz é uma velha que vem aqui na venda todas as tardes, oferecendo os frutos que cata em roças distantes, vergada com o cesto de mangabas e muricis e cupuaçus sobre a cabeça. Compro-lhe muito nas fases de fartura, quando as peças estão maiores, maduras e mais doces, e uso tudo para fazer refresco. Quando a velha traz goiabas, Rosa minha mulher também prepara compotas com polpas e põe para vender nuns frascos de vidro. A velhinha, quase cega, é outra que me elogia por não vender cachaça, embora eu saiba que ela compra por aí um quarto de garrafa e leva para casa, para tomar com seus agregados.

Uma vez recomendei que, além de colher as frutas, ela plantasse novos pés, pois a terra demanda troca, ao tempo que as árvores vão envelhecendo e morrendo. A dona, no entanto, respondeu que a idade também não lhe dará futuro. Insisti e falei das novas gerações, que precisariam encontrar alguma coisa, mas vi que a aborrecia. Quando lembro a cara que fez, só me dá vontade de mudar de assunto.

Eu, que não amo ninguém 37

Lembro-me da mesa farta que eu vi quando almocei com o patrão Francisco dos Anjos na casa das Torres, lá no Penedo. O que houve de mais agradável naquele passeio foi o fato de a família ser muito espirituosa. Seus empregados também possuíam uma alegria espontânea, que até hoje é incomum em muitos lugares, e era raro entre o povo sisudo da região. Desde que chegamos, no fim da manhã, nem as donas da casa nem os serviçais fizeram-se de fingidos com a fome e logo tentaram providenciar, cada um ao seu modo, frutas, fritos, pães e o que valesse para nos distrair até sair a refeição principal.

As Torres eram a fazendeira Maria de Dão, viúva de Dão, e as três filhas, Vera, Santa e Rebeca, da mais velha para a mais nova, sendo que Vera e Santa eram casadas. Todas encantadoras e generosas, tanto nos gestos, sorrisos e na simpatia quanto nas curvas dos bustos e dos quadris. A juventude, que adornava até a mãe, era como uma música que se originava de cada movimento daquelas mulheres e encontrava eco nas suas vozes. Além disso, eram donas elegantes, de camafeus e coques e boleros e decotes capazes de iluminar qualquer manhã taciturna, se pudesse haver ali alguma manhã assim.

O marido de Vera, que se chamava Arruda e era proprietário de barcos, também foi muito simpático comigo e com o patrão. Era um homem modesto, quase sem dentes, e preferia ficar isolado entre as plantas do jardim, como se tomasse sol, fugindo das conversas dos que ele julgava instruídos. Já o marido de Santa, mais novo que ela, mais novo que todos os presentes, mais novo até mesmo do que a sua cunhada Rebeca, quase um adolescente, alegou cansaço e foi buscar ainda mais mocidade dormindo à farta numa rede sob uma mangueira. Com a mãe conservada e três belas filhas, com um dos maridos arredio e outro ausente, se até eu era rei, o patrão se servia como um embaixador, mais do que rei, o rei que nem precisava governar.

A casa da família era um sobrado cercado de jardim, colocado na entrada de um sítio, num morro que já mirava o caminho de Piaçabuçu, cidade vizinha ao Penedo. Tudo naquela residência reluzia e estava posto em ordem, limpo e arrumado pelos olhos cuidadosos da mãe e da única filha que com ela vivia, a solteira. Os móveis, corrimões e tudo de madeira que a casa possuía brilhavam de lustrados.

Também recordo a construção pelos retoques nos arcos das portas, grades e outras peças de ferro, além da escada que ligava os dois pavimentos, começando embaixo com degraus altos e terminando com degraus menores, de forma a fazer crer que a subida era mais confortável quanto mais se chegava ao final. Assim também era a família Torres, quanto mais dentro e próximo estávamos, mais agradável e envolvente.

A viúva Maria de Dão tinha herdado umas boas braças de terras, criações e plantações de frutas, não lhe faltava dinheiro. Também estava bem servida de empregados, tanto que uns ficavam mais folgados, sentados nas sombras do jardim, à espera dos afazeres e do almoço, para nos atenderem e para comerem, e até penetravam a conversa com as visitas. A mais velha de todas, uma faxineira gorda dos seus cinquenta anos chamada Helena, sentou-se conosco na varanda e falou mais do que todos da família, fazendo-nos rir com tiradas bem picantes, como se fosse contratada somente para aquilo. O meu patrão, que não estava acostumado a relaxamentos daquele tipo, colocou-se em pé, meio afastado, e fez sinais,

Eu, que não amo ninguém 39

pondo a mão sobre a boca do seu copo, para que eu não exagerasse no licor que era servido.

A zoada dos risos foi interrompida, porém, com dona Maria de Dão anunciando que a mesa estava posta e nos convidando para almoçar. Helena, sobre quem eu já estava pondo os meus olhos, não se sentou conosco, recolheu-se à cozinha, para ajudar no serviço.

Sobre uma toalha branca e rendada foram colocadas as tigelas de pirão de pitu, escabeche de piranha, surubim ensopado e um feijão que se insinuava delicioso, com pedaços de toucinho, mas também a comida que mais exalava na varanda enquanto esperávamos o almoço, o carneiro cozido com seus miúdos. Quando Francisco dos Anjos viu aquela delícia sorriu como um embaixador deve sorrir. Dona Maria, para completar a felicidade do homem, deu-lhe o privilégio de escolher antes de todos o que comeria. "Quero um pouco só", ele parecia dizer com seus gestos tímidos, mas num desses entendimentos silenciosos que só os olhos permitem, a mãe das Torres, de uma única colherada, arrancou a cabeça do carneiro da tigela, colocou-a num prato com pirão e o empurrou para ele.

O patrão, que não desejava outra coisa, riu seus grandes dentes e principiou a comer, fazendo com que todos escancarassem as suas fomes, abrindo o caminho para o banquete. O marido de Vera, sentado ao meu lado, atacou dois rins do carneiro fritos que estavam numa frigideira, como se tomasse posse de uma terra disputada. Eu, derrotado, desisti do reino dos rins e me resignei com os peixes, que simbolizam o desapego.

Voltamos ao engenho no fim da tarde, montados nos dois cavalos velhos que Francisco possuía. Ele tinha um carro, uma Rural 1958 estacionada em casa, mas havia escolhido os animais com a intenção de se apresentar mais descontraído. Fazia aquilo como por acanhamento, embora tivesse em seu quarto as melhores marcas de chapéus e bons relógios, e, pelo que percebi em suas conversas, entendesse também de automóveis. Por modéstia ou mentalidade tacanha, ou sovinice, no entanto, fazia-se passar por um quase igual a mim naquela época.

No retorno do passeio, o patrão estava bêbado e muito engraçado. O corpo de homem sério mantinha-se ereto sobre o cavalo, mas havia na sua conversa uma vagareza e descompassos que pareciam um zunir na pouca luz da tardinha. Eu acompanhava só escutando o coro dos grilos, das cigarras e dos outros sons que a noite traz quando vem chegando. Em certa curva, porém, ele quis falar mais alto do que a natureza, como se houvesse um parafuso girando dentro de todo o seu tronco.

— Vera foi minha por meses. Parecia que nunca queria casar, nem comigo nem com os outros. Deitou comigo quando eu era um garoto, eu tinha acabado de chegar no Penedo vindo de Maceió. E ela nem me pediu nada. Mulher de amor. Ô mulher de amor. Vera de amor. Depois eu sumi por uns meses da casa das Torres. Quando voltei, ela estava casada. Eu fiquei triste, mas aí Santa me recebeu. A Santa, de coxas brancas. Ô mulher de coxas brancas e cabelos lisos que escorregavam nas minhas mãos. Tão nova, tão roliça...

O engenho ainda estava longe e os cavalos andavam muito lentamente, e os homens também não tinham raciocínios

Eu, que não amo ninguém 41

muito claros. Nuvens escuras forravam quase todo o céu. Alguns traços avermelhados que sobressaíam no horizonte eram o que ainda restava de claridade. Indiferente a tudo aquilo, o patrão falava quase chorando.

— E Santa também casou... Com um vagabundo. Homem só dorme, e é só corpo novo. Aquela mulher bonita... As três são bonitas, até a mãe é bonita, não é mesmo?

— Até a mãe? Até as empregadas são bonitas...

— Pois é, pois é. Aquele vagabundo. Mas Santa veio aqui hoje por minha causa. Você viu? Vieram as duas me trazer na porta do sítio, na saída, Santa e Rebeca, a mais nova. E Vera só não veio porque o marido dela estava lá, abraçado com ela, na hora...

— Agora só lhe resta a Rebeca, não é patrão?

O patrão, que enxergava somente a cabeça do cavalo, como se o animal o guiasse ao seguir em parelha com o meu, virou de lado muito devagar e olhou-me como se eu fosse uma visão inesperada.

— Não há nada o que esperar. A moça tem um nome a zelar. Aquele momento, lá no jardim... Ela viu o meu estado, me aliviou e me fez um pouco de companhia. Ficou nisso só. Depois, recusou minha proposta.

— O senhor me desculpe, eu não vi nada...

— Ela é linda, e é virgem, a Rebeca... E ia dar tudo errado de novo, tenho certeza.

Depois de tanto disparate, finalmente aquele homem amansava, e o seu corpo começava a balançar de um lado para o outro em cima da montaria. A chuva já lançava sobre nós os seus pingos de desmanchar formigueiros.

— Nem com as minhas terras, nem com as propriedades de merda que eu tenho. Rebeca não me aceitou.

— Vai ver ela se ofendeu. Achou que o senhor só queria se aproveitar dela.

— As moças... As moças daquela casa só fazem o que querem, e elas só me querem assim, de passagem. Eu sem mulher nenhuma... Nem por dinheiro, nem por amor... E tu, ainda recomenda o feitiço?

— O senhor usou? – Perguntei atemorizado.

Ele me apontou o dedo, como se preparasse um desaforo, mas depois começou a rir e a tossir, engasgado com a resposta. Naquela hora, era só um bêbado que já não dizia qualquer coisa com sentido.

Não entendi o que Francisco dos Anjos veio cantando pelo resto da estrada, sei que era alguma coisa de igreja, que ele mastigava embaixo do aguaceiro e do escuro da noite. Sei também que me senti abandonado, sem mais companhia de conversa, sem segredo do que eu não vi para guardar, também sem mulher do almoço na memória. Tudo eu tinha feito na obrigação de acompanhar o chefe, obediente, e me dava por merecedor de próximos passeios, mas não podia deixar de lamentar a solidão que me abraçava com as garras do frio da noite encharcada.

A chuva não dava sossego. À medida que nos aproximávamos do Engenho, o caminho tornava-se mais e mais lamacento e os cavalos, com os cascos seguros pelo barro, andavam numa lentidão crescente, de quase sonolência. O patrão continuava semiacordado e mascava as suas orações febrilmente, talvez lembrando das três moças das torres duras. Eu me via desarmado naquele momento de atoleiro, os

Eu, que não amo ninguém 43

pés presos no barro da solidão. Minha cara arredondava, os lábios cresciam, a pança dilatava, o sono entorpecia até que, por resultado das orações do patrão, o Gazo nos achou com um lampião.

Foi mesmo um milagre. Estávamos já à porta da fazenda, mas a tempestade tinha escurecido tanto a noite que somente a inteligência dos cavalos poderia ter nos levado ali. Assim que apeamos, o Gazo conduziu o patrão para dentro do casarão e o entregou à cozinheira, que segurava um lençol enxuto. O empregado retornou e tentou me espantar com um agitar de braço, como se eu fosse uma rês. Se não me desviasse eu quase apanharia, mas voltei empurrando-o também, em resposta. O homem não se intimidou e cresceu na minha direção, gritando.

— Só o patrão quer o senhor aqui. Ninguém mais quer. O senhor tem parte com o Demônio, trouxe o chefe no meio dessa chuva. — Bradava como se alguém o tivesse ferido. — O patrão não pode andar na chuva, já não lhe falei? O senhor é feiticeiro... É feiticeiro... Vá dormir, vá para o seu quarto de danado do inferno.

Eu não entendia a raiva com que ele falava, mas logo imaginei que o Gazo, por vontade própria, é quem tinha trancado a porta do meu quarto no dia em que cheguei ao engenho. Acreditava que tudo não passava de um amor desmedido que os empregados desenvolvem por seus patrões, como o apego dos alfaiates e guarda-costas. Mas percebi, também no mesmo instante, que naquela terra estranha ninguém me daria simpatia gratuita. Enquanto eu ruminava essas coisas, o homem ensandecido já vinha com uma vara que tinha catado no escuro.

Como um bicho assustado, fui recuando aos tropeços por entre as poças d'água e tomei o caminho do banheiro. Finalmente, tateando no breu, entrei no meu quarto, depositei as roupas molhadas sobre uma cadeira, enxuguei os cabelos com calças velhas e me espalhei sobre a cama, gordo de queixas e de dores.

Acordei indignado na manhã seguinte. Era uma segunda-feira, o patrão estava adoentado e a Muda e o Gazo só tinham atenções para ele, andavam agitados de um lado para o outro como se cuidassem de salvar um santo. Eu passei uma ou duas vezes pelas vistas daquelas janelas, mas no geral mantive distância, estava mesmo revoltado. Comecei a zanzar pelo engenho, cercando os peões na moagem da cana, olhando as mulheres na fervura do tacho, procurando no depósito de mantimentos alguma coisa para comer.

Havia motivos para raiva e, mesmo que não houvesse, eu já começava a me assemelhar ao dono do engenho, escolhendo as piores roupas e as piores faces para me cobrir, quando podia trajar outras melhores, só para andar mais desobrigado. Estava indignado, e pronto. Havia sido humilhado na chuva, em poça de lama, dormira com os cabelos úmidos, o corpo molhado e a cama molhada, num alojamento malcheiroso. Estava sozinho no mundo, longe de parentes, sem ter mulher e sem poder fazer amigos. Tinha muitas escolhas e muitas vontades para a minha cara fechada, bastava decidir.

Dos peões eu logo desisti, aborrecido que estava. As mulheres, todas com vestidos muito longos e os corpos envoltos em panos que as escondiam, pareciam uns nós de trapos, a

Eu, que não amo ninguém 45

diferença era somente os crucifixos e escapulários que pendiam dos pescoços. Aquela gente quase não conversava nem entre eles mesmos, salvo quando eram marido e mulher, ou irmãos, e mesmo assim de um assunto muito particular que traziam de casa como marmita fria. Se um estranho como eu indagava algo, eles se fechavam como se estivessem avistando um ladrão, e só com muito custo um dos seus se aproximava para despachar respostas. Era tudo o que eu não queria naquele dia. Na verdade, eu também estava doente, gripado, e como não havia quem cuidasse de mim, nem vigia, nem dono do engenho, aproveitei o que ainda tinha de disposição para tirar do depósito uns restos de pão e alho, dois litros de aguardente e um pouco de farinha de mandioca. Depois, sumi.

No meu quarto, misturei a farinha com alho e água, como fizesse um mingau sem possuir fogo, e engoli a papa fria de gosto muito ruim, meu único remédio para a gripe. Para fazer descer aquele nojo de vapores amargos e fedorentos, mordia pão entre um gole e outro. Terminada aquela cura, esperei meia hora para ver se ninguém me chamava para trabalhar. Quando senti que tinham esquecido o meu nome, fechei a porta do quarto e comecei a me divertir como um rico aborrecido. Desenrolei do embrulho de papel a garrafa de aguardente roubada, esqueci que era roubada para a consciência não chamar as entidades contrárias, e comecei a salvar o mundo.

Quem quer beber inventa todos os motivos, até os que parecem santos, que vão se perder na embriaguez. No meu quarto escuro eu concebi que aquela cachaça era a melhor de todas, na melhor das horas, e depois eu seria homem para as outras coisas. Seria honrado, gentil, feliz. Ali, na cama, deu meio-dia na luz na fresta da porta, entrou a tarde, caiu a noite e eu fui um bêbado muito competente, o homem mais completo, que é ensimesmado e sozinho e some. Passei um dia inteiro escondido de todas as assombrações e de suas rabugices.

E era justamente uma segunda-feira, o dia das almas, em que os vultos precisam bater carimbos, tirar documentos, vender a mercadoria e receber o dinheiro. O dia mais bonito da semana, bom para casar, para começar negócios, lá estava eu, numa feira particular, me sentindo a viola do Penedo tocando ponteado. Eu era a grande rocha chamada de penedo, acima do Rio São Francisco, a pedra sobre a qual a cidade, barulhenta àquela hora, estava assentada, firme, imponente, nem tão longe. Deitado, a cabeça recostada à parede, eu via o casario erguido sobre o meu peito. Eu atraía todo o povo do sertão e do agreste, atraía todo mundo, esmagava todos os meus inimigos e continuava uma rocha linda e brilhante.

Foi assim que, de indignado, eu me tornei o dono de um reino solitário e fui feliz e regurgitei o mingau e quase abri a segunda garrafa de aguardente e dormi cheio de sonhos. E foi assim que eu acordei ainda bêbado até a quinta-feira, e acabei furtando mais um pouco de cachaça, e aguardei ordens que não vieram, e novamente não encontrei patrão. Depois, tudo foi virando uma nova rotina de tédio e eu me pegava andando em torno da casa de Francisco dos Anjos, esperando o almoço que a Muda ia fazer, ou me misturava aos peões e às mulheres, fazendo o corte e a moagem das horas.

Primeiro eu lamentei, embriagado, um mendigo, esperar tanto por um dono, pela primeira vez em minha vida. Depois, eu

Eu, que não amo ninguém 47

desejava ver o patrão e queria só perguntar a ele se estava certo o meu pensamento. Eu pensava: "Eu não sou doente, sou mais forte, sou a doença. Eu não sou mau, eu sou o Demônio. É isso, patrão, estou certo?" Depois, eu achei que ele é quem deveria pensar esse tipo de coisa lá do erro da vida dele, de muita amargura, de muita reza e pouco arrependimento, dali nascendo a solidão. Por último, já na sexta-feira, eu entendi que devia ir embora, a qualquer custo, para longe da loucura do engenho.

Foi tão arrojada a decisão de partir que eu não levei nenhuma bagagem, nem o feitiço que queria revender. Saí andando de mãos abanando no meio da noite e desafiei outra chuva e um pressentimento pesados para me meter em fuga. A chuva, qualquer um podia ver e entender, mas o pressentimento era um aviso que vinha só para mim, da escuridão da mata por detrás do canavial, como uma aurora escura, ao mesmo tempo uma nuvem de insetos. Já quando eu contornei a casa do engenho e entrei no mato, ouvi ao longe o canto e os assovios dos caboclos, de muitos espíritos do mato. Imaginava o que estava acontecendo e fiz a oração que julgava mais forte, um ponto cantado meio lembrado e meio inventado, mas não deu outra.

Mais à frente, quando a mata me cercou com negrumes enormes, olhei para trás e vi o caboclo Jurupari, eu juro. Era ele mesmo, o pesadelo, aquele-que-nos-vem-à-cama, só dois olhos brilhando numa massa pesada de escuro e uma boca de fornalha com as taliscas de dentes aparecendo. Então eu danei a correr, querendo ser uma doença e o Demônio, para que ninguém me alcançasse, nem o meu medo, mas não achava passagem entre os arbustos e icós, que ali eram muitos.

A chuva tornou-se ainda mais intensa e era uma espécie de cegueira me desnorteando.

Se via um caminho e tentava segui-lo, eu batia contra algo invisível, como uma parede molhada e cheia de limo, o limbo. Se subia uma picada, o caboclo Jurupari me jogava lá para baixo. Quando eu seguia por um córrego, o bicho, que nem aparecia mais, me derrubava na lama. Se segurava num galho de árvore, a planta me respondia com espinhos e esticava como borracha, além de me dar choque nos nervos. Foi assim umas dez vezes, até parar de pensar e começar a arremessar o corpo para qualquer direção. Mas não adiantava.

Chegou então a hora em que o caboclo tomou a forma de homem alto e falou comigo, quando eu quase me urinava de medo. O Jurupari disse que eu não podia ir embora, tinha que ficar para ajudar o patrão, que tudo na vida tem o seu sentido. Ele falou que era protetor das terras e pessoas do engenho, que precisava de mim e que eu não temesse, pois muito me seria dado, dinheiro e sorte, pelo serviço de estar ali, fazer companhia a Francisco dos Anjos. Vendo que eu me acalmava, o caboclo me protegeu da chuva, como se criasse uma passagem por dentro dela, e secou as minhas roupas. Depois, me levou pelo caminho de volta e foi contando coisas para eu dar risadas.

Quando chegávamos no pátio do engenho, o Jurupari disse que um dia eu, que tinha artes de circo, poderia contar para os homens todas as coisas que presenciasse naquelas terras, mas deveria esconder os fatos que criassem confusão, e mentir também um pouco – Juro que não é o que eu faço agora. Ele falou também que eu estava no caminho certo, explicou coisas que eu via mas não entendia, e mostrou sua simpatia.

Eu, que não amo ninguém 49

Pegou uma abóbora verdadeira na beira do caminho, assou a abóbora com o calor da sua mão e me deu para comer ainda quente. Então eu fechei os olhos, em pé mesmo, e acordei no dia seguinte na minha cama, bem alimentado, seco e ciente da minha obrigação. Era um sábado de céu muito limpo.

Estrada

Esta cidade de Alcântara está encarapitada num penhasco acima do mar, perto do equador e do céu. A noite é sempre pesada, com um calor esmagador, e os dias, embora lindos dias tropicais de bananeiras e mangueiras e quintais exuberantes, são rigorosamente os mesmos, como nas paisagens dos quadros de parede. Nas tardes em que nuvens carregadas se juntam sobre ela, preparando as grandes tempestades, fica tudo escuro e prateado. Mesmo com a formação, a água demora para cair, e reina por um tempo um calor e um mormaço que deixam a gente imóvel e mole.

Esta cidade, de tantos casarões enormes, e casarões em ruínas onde moram famílias pobres, é quase um cemitério, a capital da quietude. Aqui não acontece nada, e depois vem o silêncio, e fica tudo em suspenso e impera o vazio. Quando menos se espera, aumenta o silêncio e o tempo para de vez. O vento às vezes tenta soprar alguma novidade, mas o silêncio espreita nos mirantes dos sobrados e avança como um gavião que sangra qualquer brisa, rasgando-lhe as asas.

Deve ser por isso que os moradores aqui são tão criteriosos e eu diria até cruéis para fazerem amizades com estranhos. Se algum novato chega, pode frequentar a igreja, pode comprar mil vezes no mesmo comércio e até ser bem tratado, mas só obtém confiança quem passou pela mesma pia batismal. Quem vem de fora, como eu, tem de oferecer prova robusta de que merece valor, e mesmo assim, será um tipo menor, sem direitos civis. Na festa anual do Divino, quando Alcântara se decora de vermelho e o povo abre a porta com mesa farta, e cada casa mata um boi para o padroeiro, o alcantarense é até acolhedor. No entanto, é bom que o novato respeite muito as famílias pois, entre boi e estrangeiro, os nativos veem pouca diferença.

Com o tempo, fui me chegando ao contador do engenho, um errado chamado César, e criei coragem para contestar o patrão. Nos dias em que estava a serviço dos livros e notas, César ficava numa pequena casa próxima à sede do engenho, coisa de quinhentos metros, e tinha autorização até para dirigir a Rural, fazendo pequenas entregas com ela. Como ele estava havia algum tempo por lá, resolvemos nos juntar e pedir descanso e dinheiro de gratificação, e ir à cidade, sair daquela prisão no mato.

Numa quinta-feira eu fui sozinho para a varanda do casarão, era meio-dia, e encontrei o patrão rezando um terço, sentado numa cadeira tosca de madeira, apoiado nos braços do móvel. Já ia pedir desculpas por ter chegado em má hora, mas ele deixou transparecer que ficaria mais impaciente com cerimônias adicionais. Falei direto e pedi e implorei para que seu Francisco me deixasse passear, dar uma volta e, quando eu não tinha mais argumento, ele próprio, que estava de cabeça baixa, olhando para algum ponto no meio das suas pernas, resumiu a nossa conversa.

— Está certo — disse. – Por coincidência, o contador do engenho veio me dizer que é tempo de vender uma partida de açúcar lá na cidade. Ele vai no sábado, e você pode ir junto. Almoçam por lá, dormem por lá e folgam como quiserem. Mas no domingo estarão aqui antes das doze horas, sem ninguém abusar da confiança. E não voltem muito cedo também, porque eu mesmo quero desfrutar de alguma paz.

— No domingo ao meio-dia?

— Não, quase ao meio-dia, com o sol puxando os dois. Isso é o que combinamos! E, pelo menos, lembre-se de escapar dos excessos e da polícia. Não suje o nome de quem lhe abriga. Perde muito de não ficar em casa rezando... Domingo cedo eu ligo o rádio na varanda, a missa não cobra nem ofertório. Vem nas ondas curtas do Rio de Janeiro, da Bahia...

— O que eu quero mesmo é ir rezar nas igrejas do Penedo, de preferência na Igreja das Correntes, ver aqueles azulejos, aquele dourado todo. Ao menos para me alegrar um pouco, eu que sou acorrentado nessa vida, condenado a trabalhar feito um preso.

— Do que reclama? Sabe a diferença de um pobre para um escravo? O escravo tem um dono, que lhe compra uma corrente. O pobre pertence a todos, e a corrente do pobre ele mesmo paga, compra a prestação, às moedas, gastando o dinheiro do seu próprio sal. O pobre é um escravo em mais de uma parte do mundo, para todo tipo de patrão que apareça. Que é que você quer que eu diga?

— O senhor às vezes exagera ...

— E tem outra coisa. Se se comportar bem, pode sair de novo daqui a um mês, mas se chegar qualquer notícia de perturbação e cachaça, sou o primeiro a delatar vocês.

Eu, que não amo ninguém 53

A cena era mesmo assim, eu estava ali como um garoto de doze anos pedindo benção a papai para sair para a rua, choramingando, vendendo barato os meus boizinhos de ossos, querendo me divertir um pouco. Tudo para ter uma mulher, qualquer mulher, pois, contando desde a época em que eu estava na casa do pai de santo, já se iam quase oito meses sem ver um corpo inteiro ao pelo natural. Principalmente, eu queria tudo de vez no passeio, mas não uma prostituta. Uma mulher que se enamorasse, que se deixasse cortejar, cheia de cerimônias, que me exigisse um sério compromisso e depois, ciente do meu caráter, cedesse à minha gulodice numa escada escura, atrás de uma cerca ou de caminhão, num muro de igreja. E tudo isso na mesma noite, o tempo escorrendo lento e propício.

Eu já me via com as calças abertas, arriadas até o meio das coxas, quando a voz do patrão me despertou. Ele resmungava como se tivesse adivinhado os meus pensamentos:

— Ainda me diz que vai rezar... Tem gente que passa a vida inteira se agarrando a mentiras, e quer convencer até uma pessoa como eu, experiente. Eu, que conheci o que são as mulheres, a leviandade do ar, a falsidade da água, e atrás das mulheres vão os homens tomando o mau exemplo. Maior mentira é quando se juntam. E digo mais: duvido que aquele pó de feitiço que vocês fazem lá na Bahia tenha alguma validade. Só mandei pedir porque fiquei intrigado com as histórias que ouvia, esse negócio de misturar ossos de mortos num preparado...

— O senhor já viu alguém fazendo, pra saber a receita? E já usou para ver? Duvido que tenha usado — exclamei, ao mesmo tempo fingindo desinteresse. – E tem mais, se não acreditar, aí é que não faz efeito mesmo.

— Quando achar um resultado que me satisfaça, pode deixar que lhe digo. A mesma coisa quando eu confirmar que é uma palhaçada.

Ele tentava não entrar nos pormenores da sua busca pelo feitiço, e eu resolvi também passar bem longe, primeiro porque havia mentido sobre o pó, depois, para não atrapalhar a folga que já tinha conseguido.

— Já que o senhor está falando nesse tipo de coisa, tenho que admitir que vou procurar uma mulher também. Uma bem bonita, moça, que vi na páscoa orando contrita dentro da igreja – menti outra vez —, vestida de amarelo da ressurreição, e nunca mais esqueci. Quero revê-la e, se possível, levar algum dinheiro para impressioná-la, que ela me tenha por trabalhador.

— Quer ir, vá, mas deixe de lorota, que pesa a língua e o caminho fica mais difícil.

Difícil, ele queria dizer, é que tudo nessa vida tem um jeito de ser transformado em castigo. Assim, a tal partida de açúcar que havia para ser levada e vendida na cidade acabou virando fardo e humilhação, pagamento pela minha ousadia. O dono do engenho exigiu que pegássemos muitos sacos de pano cheios de açúcar e dividíssemos o conteúdo em embalagens menores. Cada saco tinha cinquenta quilos, e devíamos fracionar em cinquenta e cinco, cinquenta e seis e até sessenta saquinhos de plástico de um quilo mentiroso, que depois seriam levados para os mercados de varejo do Penedo. Centenas de saquinhos, todos fechados com um pedaço de arame.

Eu, que não amo ninguém 55

E eu e César fizemos a pesagem do açúcar num galpão quase descoberto, cuja única sombra eram três ou quatro folhas de zinco, o que mais adensava o calor do sol da tarde de sexta-feira. Aquele não era nosso serviço, e o patrão só pagou dois cruzeiros por saco de pano dividido, mas a tarefa nos foi dada como a encomenda que justificava, autorizava e salvava o nosso passeio.

Para piorar a situação fazíamos aquele trabalho sentados em dois tamboretes mais baixos do que o nosso agacho, derrubando o grande açúcar numa enorme bacia de alumínio, colhendo o pequeno açúcar com uma pá de mão e pesando numa balança aleijada dos braços. Além disso, o fato de trabalharmos sem camisa, trajando bermudas muito carcomidas, curtas e devassas, fazia com que a nossa pele ficasse exposta ao pó doce que voava naquela pesagem. O açúcar, que nem era refinado, tinha muito pouco dessa alvura que se vê hoje em dia nos mercados. Mas o suor se adoçava sobre a pele, nas dobras, no pelo, e o mormaço nos amolecia no sono. Aquela tarde... De sexta-feira...

Então, para nos vingarmos, nós ríamos. Ríamos até alcançar um soluço que nos acordava. Depois voltava a sonolência e o outro inventava uma lembrança ridícula, uma piada esquecida, uma história de cornos para o colega arreliar. Ficamos malandros em roubar no peso, fechando uns quatrocentos e trinta quilos derivados de quatrocentos. Mais tarde, depois do banho, voltamos à gastura da nossa rotina no engenho. Fomos dormir e no dia seguinte viajamos cedo, levando a mercadoria.

Pela estrada esburacada, a Rural sacolejava jogando poeira para dentro da chaparia. César ao volante. O carro, embora novo, era malcuidado e precisaria de um milagre para realizar viagem rápida e confortável naqueles caminhos. Se no dia anterior tivemos que nos ver com a nuvem de açúcar chovendo sobre as nossas peles, na estrada sufocávamos em pó seco de terra. Alguns trechos eram melhores, só de calor abrasador, de goelas ressecadas, e espinheiros invadindo as janelas, galhos arranhando o vidro e querendo nos sangrar. Em outro momento o carro parou, atolado numa grande poça, e precisou de toda a nossa força para seguir viagem.

Os quatrocentos e tantos quilos de açúcar, maldita missão para nos retardar, dormiam anjinhos no fundo do automóvel, transportados por dois homens livres e felizes, mas com pouco dinheiro no bolso. Felizmente aquela situação de extrema pobreza durou pouco e, antes mesmo de chegarmos à estrada mais larga, o doce dos saquinhos atraiu outros anjos na forma de gente muito leve. Eram antes os magros e calados lavradores das terras vizinhas, gente mestiça com finas pernas de cana, cabelos lisos e descoloridos como a palha seca do milho, povo de pouco recurso que precisava, a cada quinzena, descer para a cidade a fim de comprar quase nada. Eles nos deram trocados como paga do transporte que lhes prestamos e nos forraram com pinhas e beijus e maracujás e laranjas que estavam levando para vender. Aquilo me encheu de otimismo, pois eu não sabia ainda como comeria e beberia longe dos olhos do patrão.

Vieram também para dentro da Rural um caçador com teiús, nambus, codornas, preás e até cobras, essas espécies de carnes de caça salgadas, e uma dona carregando uma cesta

Eu, que não amo ninguém 57

de ovos e galinhas pedreses amarradas pelos pés, além de um velho com duas tinas de queijo malcheiroso e escuro. O carro parecia uma festa de paróquia, e o povo pobre me chamava de senhor, me via cheio de poder e acreditava na minha bênção do automóvel.

Eu me sentia como o dono de tudo, o Francisco dos Anjos, mas também ruminava uma lembrança do patrão verdadeiro, a memória de uma conversa que tivemos naquela manhã, logo cedo. Eu tinha ido procurá-lo para pegar as chaves do carro e o encontrei rezando dentro da capela, ajoelhado, aos pés de uma imagem de Nossa Senhora. Fui me aproximando com cautela, pé ante pé, cheguei às suas costas e lhe pedi o chaveiro. Como ele demorasse a reagir, arrisquei a pergunta:

— Por que o senhor reza?

— Porque encontro tempo. Por mais que eu tenha o que fazer, sempre passo desocupado pela porta da capela. Então, pelos meus cálculos, o dia da gente já foi programado incluindo oração. Vocês vão se divertir na cidade, mas eu tenho o que ver no engenho, precisa consertar a cerca. E ainda assim, mesmo sem vocês, me sobra tempo para rezar.

Ele permanecia quase imóvel enquanto falava. Estava se mordendo de inveja porque nós, os pobres, escravos, iríamos sair do inferno ao seu redor, lisos e capazes. Mas eu também não entendia porque ficava tão indignado com aquela pequena folga, um simples sábado de descanso, coisa que até Deus já tinha aproveitado.

— O senhor pode vir conosco.

— Não, ah não! Eu não vou seguir vocês para a bebida e para as vadias, como um bronco. Veio buscar as chaves? Aqui estão as chaves.

— É verdade que temos muito o que agradecer a Deus – Eu disse em voz tímida, somente para agradar. — Então ore pela sua família, pela vida e felicidade dos seus vivos e pela alma dos que passaram.

— A minha família está bem encomendada.

Ele fez uma pausa e coçou a cabeça, assanhando os cabelos, depois me encarou com olhos azedos. Sem nenhuma necessidade, desandou a falar dos seus parentes, que eu não conhecia nem de retrato.

— Minha mãe foi uma mulher resignada e honesta. Ela pegou a vida pela orelha, levou para o quintal e a amarrou. A vida ficou latindo e a minha mãe foi cozinhar para o marido e para os filhos. Quando ela pôde, jogou um osso para a vida chupar, e a vida ficou feliz, balançando o rabo. O meu pai era uma nuvem de poeira caminhando pelas ruas, vestido de paletó. Voltava cada vez menor, como qualquer pai, com um pedaço a menos. Os pais perdem tudo na rua, dinheiro, paz, eles vão sumindo. E sempre trazem a guerra para casa. Os pais são a guerra que entra em casa.

Quando terminou de dizer aquilo, ele estava com lágrimas nos olhos. Eu fiquei um certo tempo paralisado, com perguntas a fazer, mas precisava tomar a atitude certa, resistir àquele apelo que, isso sim, ele fazia covardemente, como uma chantagem para me prender no engenho.

— Está na hora, eu tenho que ir, o senhor faça como quiser – disse, e saí da capela olhando para trás, de vez em quando. Francisco dos Anjos estava estático, fitando o altar, e não voltou os olhos na minha direção.

Eu, que não amo ninguém 59

A história das pessoas é a história das tragédias e das comédias de cada um. César, o contador do engenho, tivera uma infância de elogios na escola, se destacando como um menino talentoso nos cálculos e nos negócios. Ao chegar aos quinze anos, com a habilidade que possuía, já tirava um bom dinheiro no comércio e na feira do Penedo, o que fez a sua felicidade e a sua danação. Com os bolsos sempre inchados, logo se perdeu no encontro com as mulheres, dobrando as esquinas da cachaça e sentando-se à mesa do jogo. E foi justo nessas artes, ele inocente e precoce, que deixou o que tinha de maior valor: a carteira, a juventude, a sabedoria e a saúde.

Já contando os trinta anos, tagarelando na Rural em direção ao Penedo, César aparentava mais idade, muito mais. Embora metesse algumas palavras raras na sua fala, o seu português, de tantos erros, era mais esburacado do que a estrada de barro em que seguíamos. Tantos eram os tombos que, para entender o que ele falava, eu precisava chamar a concentração do fundo da alma.

— O jogo eu já parei, já parei deveras – ele dizia, e seu bafo de cachaça exalava no carro – mas a birita é mais difícil. A cachaça, a gente sua e esquece que tomou. Teve uma vez que eu quase ficava maluco, estava ouvindo vozes. Todo mundo que bebe demais chega a esse ponto de ficar escutando coisas. Já conversei com muito camarada que me confirmou, foi assim com eles também. Teve certo tempo, eu tomava conta de uma fazenda sozinho, bebia o dia todo e ouvia gente me chamando e me ditando ordens. Às vezes, ficava até arrepiado, chegava a sentir vontade de atentar contra a minha vida, mas eu sabia que não era mais do que a bebida. Então um dia eu me saí da fazenda e conheci a Rita e me casei com a Rita. E como ela exigia que eu não bebesse mais, e eu só podia beber escondido, eu parei de beber.

— Parou?

— Parei. Só bebo escondido da Rita.

O cretino falou aquilo assim mesmo, como se tivesse solucionado todas as coisas. E tinha solucionado, porque a sua inteligência era resolver os problemas daquela maneira.

— Parou de estudar, César?

— Parei. O meu pai queria que eu entrasse na Marinha. Ele acertou tudo, acertou com deputado, acertou apresentação. Eu não fui. Meu pai morreu. Ficou eu e minha mãe doente, depois apareceu a Rita. Depois nasceu nossos filhos e eu fui para o Engenho Novo. Rita fica me esperando...

Eu parei um pouco para prestar atenção no silêncio geral que os passageiros faziam, todos tímidos, distraídos com o passar das paisagens pelos vidros. César voltou a me provocar:

— Coisa ruim é o homem viver sóle, ao homem sóle, nada lhe convém. Um homem sozinho é sempre um vexame.

— É. Como o patrão, não é?

— Não... Sóle como tu. O patrão tem dinheiro, tem mulher aqui e ali, a ele não falta. Só que ele tem muito temperamento, muito gênio, é o que estraga. E tu não tem nenhuma, nem tem dinheiro.

— E tu?

— Eu só quero a Rita. Tô com saudade. Sinto muito lhe dizer, mas não vai dar pra tu ficar na casa nossa lá no Penedo. Primeiro que a casa é pequena e Rita não gosta de visita...

— Não se importe, não, eu já me acostumei a viajar, durmo onde me cabe, é só uma noite. Se a gente chegar cedo

Eu, que não amo ninguém 61

na feira, descarregar o açúcar, eu ainda arrumo um trabalho, faço um dinheiro, de noite eu tenho cama e comida.

— Tu se garante assim? Fé pura?

— Por essa luz que brilha no céu, coberto de telha da proteção divina.

Ao meio-dia já havíamos descarregado a Rural de seus passageiros e de seus açúcares e César me disse pela última vez que não deixaria as chaves do carro comigo e que eu não poderia dormir dentro do automóvel, pois assim lhe tinha confiado e exigido o patrão. O cismado e sabido patrão dos Anjos, que era feiticeiro de igreja, com olhos em toda parte.

Salsa

Naquele dia, no Penedo, fiquei sozinho vagando pelas praças, procurando trabalho, até que consegui serviço com um velho, o dono de um mercadinho que vendia de tudo, desde sabão de soda, sapatos, camisas e vestidos até caixões e coroas de flores. Estas derradeiras peças, porém, o dono do comércio as guardava no fundo da loja, para não espantar a freguesia dos outros itens.

— É tudo roupa mesmo — dizia seu Porfírio, o dono do estabelecimento, enquanto me mostrava a tarefa que queria que eu executasse. Estávamos justamente na área onde se encontravam os caixões, ele apontou para um quarto mais recuado ainda, de teto baixo, úmido e cheio de mofo, que esperava para ser limpo. Havia ali restos de madeira, lascas de mármore, cabeças e asas de pequenos anjos de pedra-sabão e outros lixos destas artes funerárias que jaziam abandonados.

Depois de vestir uns trapos velhos que o comerciante me arranjou e de guardar a roupa de passeio, entrei naquela cafua escura segurando um candeeiro que mal iluminava a si próprio. Lembrei-me logo dos parentes das trevas que habitam esse tipo de caverna, as aranhas, os grilos, os ratos e até mesmo aquelas cobras sem cor que são cruéis com as rãs.

Joguei-me ao risco mas nada chegou a incomodar, a não ser os cheiros acres que cortavam o meu nariz.

A tarde se foi naquele esforço. Concluí a limpeza e arrumei várias prateleiras. Fui então tomar um banho na torneira do quintal, vesti novamente a roupa de passeio e voltei para falar com o proprietário. O homem ficou muito satisfeito com o trabalho e perguntou algo que já era sinal de confiança.

— O senhor vai estar por aí na quarta-feira? Vou receber umas encomendas e jogar lá no quarto dos fundos. Está para chegar um carregamento de lajes. Lajes de campas...

— O senhor quer dizer lápides...

— É, lápides. Vou ver se abro uma janela ali, no quarto. Tem que ventilar. A pedra não adoece, mas é possível que a umidade nos adoeça, nós que vamos lá dentro buscá-las.

— Eu vou embora amanhã, estou de serviço num engenho aqui perto, de passagem.

— É uma pena, é uma semana de entregar muita pedra.

— Não entendo, morreu mais gente?

— Não, não é isso – disse o lojista. – É encomenda. Um vendedor de Maceió passou aqui, tem uns dias, com um catálogo de lajes, e muita gente na cidade fez pedidos. Até já pagaram, agora vão decorar os jazigos. Às vezes os donos querem que a gente mesmo cimente, mas como o senhor não está podendo, eu chamo outra pessoa.

Eu não esperava outras novidades, até o comerciante me estender uma nota como pagamento. Não era nada de maravilhas, tampouco valor imoral, daí me arrisquei a perguntar:

— Quanto é que o senhor acha que vai poder pagar pelo serviço das lápides, pra descarregar aí no fundo, botar no cemitério?

— Depende, tem coisa que nem é pra fazer no cemitério, é pra levar pros engenhos. Tem campas por dentro desses canaviais, para o Engenho de Dantas, para Francisco dos Anjos...

— Francisco dos Anjos?

— É... Esses engenhos têm capelas lá dentro, eles enterravam os mortos perto dos altares. Seu Francisco, mesmo, já pegou duas pedras aqui, e eu sei que uma vez ele mandou buscar direto na Bahia, também.

— Mas morreu alguém recentemente nas terras do seu Francisco?

— Que nada, ele faz isso de raiva das mulheres. Toda vez que uma mulher dele vai embora, ele manda fazer uma pedra com o nome dela, bota as datas que começou o namoro e que terminou e crava lá na capela, no fundo da casa. Tem gente que é assim, não sabe ser abandonado. Para ele, só tem casamento e viuvez, o sentimento fica, mas a mulher morre. Capaz de ter botado até mais gente em pedra nalgum lugar.

O comerciante responderia a mais perguntas minhas, sem estranhar a curiosidade, pelo simples prazer de ver alguém interessado no seu trabalho.

— O Francisco dos Anjos nunca fica com mulher daqui, sempre vai buscar fora. As daqui do Penedo para ele são só brincadeira. As que ele recebeu em casa vieram todas das cidades maiores das Alagoas e da Bahia. Depois, nem essas ficaram...

— É uma pena que eu não esteja aqui na quarta-feira. Poderia ganhar o dinheiro dessas pedras. Mas tem mais gente que precisa. — Concluí a conversa rapidamente, tentando esquecer Francisco dos Anjos outra vez, pelos direitos da minha vida livre.

Eu, que não amo ninguém 65

A noite chegou e me encontrou sozinho, com as minhas melhores roupas e os meus piores pensamentos. Caminhando pelas ruas de casarões antigos, eu percebia os últimos clarões da tarde sendo sufocados dentro das copas das árvores, por detrás dos muros e das barracas da feira, substituídos pelas luzes artificiais que se acendiam encerrando o crepúsculo. A noite também mandava avisos por uma profusão de cheiros de sabonetes que invadia o ar, esses perfumes que só passam às seis da tarde, acompanhando pedreiros que se banham ao fim do serviço, pequenas moças e criadas que vão à padaria depois de se assearem e velhas que caminham apressadas para rezar o Ofício de Nossa Senhora nas igrejas.

Eu estava no princípio do escuro, mas no princípio da vida, e já não era mais o cheiro de sabonetes que carreava a noite, mas os cheiros da carne de sol frita, da batata cozida, do café e do cuscuz. Na direção do mercado, esses aromas eram misturados aos do mingau de milho e da cachaça. Àquela altura os trabalhadores das usinas, os feirantes, os biscateiros e mais gente que durante o dia estivera ocupada só queriam relaxar os músculos e dar risadas esperando o domingo. Algumas das mesas que de dia haviam servido de barracas para verduras, frutas e charque, na noite viravam pontos de encontro para namorados, cama para os mais cansados e oficinas de reparos. Tudo à luz fraca de lampiões, poucas lâmpadas embaçadas e algumas velas, a depender de cada feirante.

Andando pelos corredores e pela lama do mercado, cheguei às mesas onde homens de todas as idades improvisavam tabuleiros para jogar dominó e baralho por magras apostas. Joguei, ganhei mais do que perdi, mas pude perceber que ninguém ali queria a presença de um estranho, então fui embora para a beira do rio. Chegando lá, encontrei uma companhia mais simpática, três rapazes descontraídos e conversadores que haviam nascido no Penedo e que estudavam fora. Estavam de passagem na terra natal e ironizavam tudo o que encontraram no retorno.

O que me chamou a atenção quando me aproximei do boteco onde os três bebiam foram as estrondosas risadas que ecoavam pela vizinhança. Os homens eram primos uns dos outros, altos e brancos, e quase não notaram quando entrei e sentei a um canto. Continuaram conversando entre si, até que o dono do estabelecimento veio trazer o que eu lhe pedi, uma porção de moelas de frango cozidas. O mais velho dos primos gritou:

— Ê, Manoel, o que tem essa moela que cheira assim, leite de coco?

— É, foi esse baiano que pediu para eu fazer desse jeito. É coisa de São Salvador.

São Salvador, para mim, é a forma mais bonita de se dizer a Cidade da Bahia. E na hora me senti um rei por ser tratado como um homem da capital, eu e a minha melhor roupa. Os três primos, que se chamavam Joaquim, Silvério e Dos Reis, olharam-me com um vivo interesse, como se eu fosse artista. Fizeram uma breve saudação e se apresentaram, perguntando também o meu nome. Respondi de pronto e investi na conversa, mirando o mais novo:

— Se chama Dos Reis mesmo?

— José dos Reis, seu criado. Nascido em seis de janeiro, dia dos Santos Magos.

— Não gosta do Penedo? É uma cidade bonita...

Eu, que não amo ninguém 67

— Que nada, falamos de molecagem — Gritou Joaquim, o mais velho. Pensamos até em voltar e viver aqui, ganhar dinheiro nadando no Rio São Francisco. É o que gostamos. Mas seremos doutores, nossa família quer assim. Só o Silvério se salvou. Está na academia militar.

— Será policial?

— Sou do Exército, com muita honra, sirvo em Aracaju. Mas nem é isso o que quero... Soldado só goza da honra. Digo, quando chega um temporal parecemos uns animais, encharcados na sentinela. Superior ao tempo, mas inferior à merda. Parecendo guaiamus na lama. O que acha?

O rapaz não me conhecia, não sabia nada a meu respeito, mas já me pedia opinião. Os outros dois também levantaram questões difíceis, que me deixaram constrangido, e bombardearam o silêncio no ar que me pertencia. Não seria melhor viver como vagabundos? Não são dos vagabundos que as mulheres gostam? Por que se apressar tanto, perder a juventude para ter dinheiro na velhice, quando nem dá para aproveitar? Por que abandonar a família e as festas em nome do futuro?

A ideia que me veio à cabeça era que os três manhosos, com aquelas perguntas profundas, queriam mesmo era se aproximar para beliscar o prato das moelas, e não deu outra. Quando eu comecei a falar-lhes, eles foram se chegando, juntando os seus bancos à minha mesa e, ganhando um sinal positivo, pondo farinha no caldo de leite de coco para em seguida arrancar-lhe uma e outra colherada. Mas eu relevei aquele ardil, tudo em nome da simpatia. Entre doses de cachaça, dei asas ao meu filosofar.

— Um homem precisa trabalhar, e sempre haverá emprego disponível. Se o sujeito arranjar emprego de cinquenta centavos, possuirá ranço de cinquenta centavos e fumará cigarros de cinquenta centavos. Se lhe render quinhentos cruzeiros, frequentará lugares de quinhentos cruzeiros, com amigos de quinhentos cruzeiros, com verniz de quinhentos cruzeiros. O trabalho é tão inevitável que as pessoas até acham nele alguma diversão. E é o trabalho que nos forma para tudo. Só usamos certas roupas, mesmo em casa, porque trabalhamos em determinado lugar. A ocupação dita até nossas vontades. No dia em que mudamos de emprego, abandonamos um estilo de vida.

Naquele momento da conversa eu falava como um professor, desatado das minhas dores, e eles me ouviam com bastante atenção, desviando somente para a moela ou para a cachaça que eu mandava servir. O Joaquim tomou a palavra:

— O que o amigo pode falar do amor, do alto de sua experiência? É aquilo tudo o que dizem?

— O amor. Eu já acreditei que só levaria dessa vida o amor que senti, que somente o amor ficaria. No entanto, as pessoas também passam, os parentes, os amigos, as mulheres, como o resto. Ao final da jornada eu só terei os planos que fiz, a vida que sobrou, a pouca vida resgatada de muitas armadilhas. O único que vai me acompanhar até o último momento serei eu próprio, e o que terei serão minhas lembranças, às vezes nem isso. Pode ser que fique caduco e esqueça de tudo, e vou sentir apenas que tenho pele, e algo que ronca por dentro. Quando a tampa se fechar – falei assim mesmo –, os únicos valores, as minhas posses serão somente a recordação de um pôr de sol na mocidade ou na velhice, de um mergulho numa lagoa ou num rio que ficavam cheios no verão, de um grande caju que guardei para a minha mãe, do primeiro peixe

Eu, que não amo ninguém 69

que comprei com meu próprio dinheiro ou de um grito em qualquer comício. Saudades de coisas que eu nem imaginei recordar, a bebida gasosa do mesmo tipo, do mesmo fabricante, que numa ocasião especial me pareceu mais gostosa...

Pronto, eu já estava bêbado. Era um profeta e respondia às perguntas soltando expressões no latim que aprendia nos livros velhos, abandonados, do Engenho Novo. Naquela brincadeira as horas se passaram e a meia-noite apressou os relógios e as pessoas que, lá fora, começavam a se recolher. Quando dei por mim, observei a mesa e lembrei que tinha ofertado à farra outro prato de moela, já então também vazio. Fiquei um pouco assustado, mas a vaidade meteu-me numa nova enrascada, a que me esperava desde o começo da noite. Veio a falta de assunto, como sempre acontece nas mesas de bar, e a tentadora ideia de mentir.

— O que faz nessa cidade tão parada, baiano?

— Trabalho para um dono de engenho, não sei bem o nome dele.

— Faz o quê?

— Ele não consegue erguer um muro na sua propriedade. Já usou mais de trinta homens, material de primeira, alicerce dos melhores, mas o muro sempre cai. Eu cheguei, olhei, descobri e falei: duas onças estão brigando debaixo das suas terras. O senhor tem que matar uma, a terra vai ficar calma e a sua obra terá sucesso.

Os rapazes quase estouraram de tanto rir com aquele absurdo que eu inventara, até o Joaquim atacar:

— Parece as histórias de Francisco dos Anjos brigando com seu irmão que ninguém nunca vê.

70 *Franklin Carvalho*

Ao ouvir aquela frase, eu fiquei gelado na cadeira, preparando uma resposta, mas só vi pernas à minha frente. O boteco estava fechando, o dono já nos enxotava e a conta levaria todo o meu dinheiro. A única alternativa que me restava era o Silvério, sem nenhum tostão, dizendo-se disposto a ir comigo até um bordel.

— E como faremos lá? O meu dinheiro também acabou.

— Não custa nada chegarmos – respondeu o moço —, ou teremos sorte ou teremos uma sorte de problemas.

Ainda houve algumas piadas enquanto a porta do bar era trancada às nossas costas e nos despedíamos. A bebida havia me empolgado e eu ainda via uma chance de esquecer o patrão, mesmo tendo ouvido falar dele o dia todo.

Chegamos a um beco curto, com um muro alto tomando todo um lado e, do lado oposto, algumas casas pequenas, mal iluminadas e sinistras, guarnecidas por uma calçada esburacada e suja. Ao final da calçada havia ainda um grande galpão que funcionava como um boteco, ou o bordel propriamente dito, com um balcão de bar e mesas e cadeiras velhas distribuídas na penumbra. Era um pardieiro imundo que fedia a mofo, a lixo e aos ranços de gente.

Assim que viramos a esquina, Silvério encontrou os seus conterrâneos e me deu as costas, no total desprezo. Traiu-me, na forma mais grosseira de um Silvério Judas abandonar um idiota para beber às custas de outro. Aquilo me doeu, mas nem tão fundo assim, porque naquela hora a minha profundidade já estava encharcada de aguardente. Restava seguir por conta própria, e todos no ambiente pareciam perceber

Eu, que não amo ninguém 71

que eu andava sem soluções. Não tendo mais aonde ir, decidi queimar o último cigarro que levava e cheguei a um canto escuro do bar, uma mesa onde um bêbado dormia com um charuto aceso entre os dedos.

Tomei do charuto sem que o homem se mexesse. Acendi o meu cigarro, apaguei o charuto na mesa e fiquei olhando um copo cheio de cachaça que ali estava. Bebi do copo. Bebi mais. Esvaziei o copo. Sentei-me com o bêbado, esticando as pernas. Ele não acordava, e eu já começava a sentir sono, até que ouvi a sua voz.

— O amigo não quer pedir outra cachaça?

— Estou sem dinheiro — respondi assustado.

— Eu pago. Também tem mais charuto. Quer um?

Encarei aquela criatura gorda, que ria no escuro, os seus dentes grandes por dentro de uma barba espessa, enquanto me olhava com olhos loucos. Naquele momento ele estava bastante acordado, acordado para a vida inteira. O seu nome também acordou. Era Antônio Salsa.

Antônio Salsa era o maestro da filarmônica do Penedo. Maestro aposentado, embora ainda jovem, com pouco mais de cinquenta anos. Aposentado por demência, sem filhos, sem família, homem natural da cidade, que crescera trancado em casa, mexendo com todos os instrumentos de corda, de percussão e de sopro. Ele sabia tanto sobre os instrumentos, sobre os seus próprios e aqueles que lhe traziam para consertar, que aos vinte anos virou maestro da banda municipal. Mas a sua demência transparecia tanto, e ficou tão insuportável, que os moradores, os vereadores e o prefeito não tiveram outro jeito senão afastá-lo da função.

Os inimigos de Salsa reclamavam da sua esquisitice, de seu mau cheiro e da baba que ele deixava escorrer pelos cantos da boca, pelos grandes pelos da sua barba e pelas camisas encardidas que usava dias a fio sem trocá-las. Por tudo isso, os integrantes da banda sempre lutaram pela saída do seu maestro. Mas a razão principal para que todos desejassem mandá-lo embora era que Salsa, além de malcheiroso, era pessoa de temperamento difícil. Um gênio, todos concordavam, mas como poderiam tolerar um mestre triste de banda, triste de enfear até as moças balizas?

Aquele homem também não se conformava em ser sisudo, calado e tímido, mas, se chegava num ambiente onde as pessoas riam, dizia, à sua hora de completar as piadas, ou de passar adiante qualquer pilhéria, dizia nada, ou resmungava, ou mandava que as pessoas se apressassem, que estava tudo atrasado e tendendo ao fracasso. Comentava que todos eram infelizes, que o infortúnio nos aguardava e que as rotas já estão traçadas.

Essas histórias todas de Antônio Salsa eu as soube na primeira hora em que ficamos juntos, porque foi ele próprio quem as contou, na mesma mesa, no bordel. Durante a nossa conversa, mandou despreocupar da despesa, que o dinheiro não era problema, e os copos não deveriam parar vazios, e ele mesmo mandou me providenciar um retalho de fumo para cigarrear com papel de embrulho. Tomadas essas medidas, apresentamos as nossas vidas e eu lhe falei ser empregado do Engenho Novo e ter na Bahia um único irmão chamado também Antônio.

Eu, que não amo ninguém 73

O maestro, que era muito sensível e só queria o bem dos outros, contou que uma vez chegou a sucumbir à amargura, a tal ponto que tentara o suicídio. Aquele gesto extremo fez os papéis correrem para tirá-lo da banda que dirigiu por mais de vinte anos.

Numa cidade pequena, a aposentadoria por demência é ultrajante de tal forma, que as almas bondosas do lugar chegaram a esperar por um novo eclipse de Antônio Salsa, o que felizmente não aconteceu. Ao contrário, todos ficaram surpreendidos porque o homem abriu na circunstância da aposentadoria o maior dos sorrisos possíveis, alegre por se libertar das obrigações com a música, amada e tirânica que ela era. E Antônio riu muito a partir daquele divórcio, embora muitas vezes também a infelicidade tenha voltado a lhe atravessar o caminho. Não deixei o assunto se esgotar:

— E como foi isso do suicídio? O senhor cortou os pulsos?

— É, foi. O maior vexame. A doida de uma criada que eu tinha lá em casa... Chegou na hora, chamou os vizinhos e vieram três marmanjos, viu? Três marmanjos que me arrastaram pelos braços até o posto médico, eu quase morro de constrangimento.

Ele era de uma sinceridade comovente, e eu já tolerava o seu perdigoto e o mau cheiro. E também era inteligente, culto, sabia muito sobre música e até tentou demonstrar para mim, naquela loucura em que estávamos, como o samba tinha virado tango e como o fado havia nascido no Brasil e migrado para Portugal.

Muito bêbado, mas também entusiasmado, eu tragava todas as palavras do maestro como se aprendesse um compasso para tocar nalguma tarde, nalgum coreto. Ao mesmo tempo, tentava fugir da obrigação de ter a música como único tema e lembrava, em silêncio, da falta que me fazia uma mulher, o motivo que me levara a deixar o engenho e a me arriscar no Penedo. E de todo jeito não havia jeito, aquela mesa do bordel e todas as suas conversas pertenciam a Salsa, que as pagava, e todas as esperanças de encontrar mulher e de fazer amigo possuíam barba. A barba que aparecia no vidro do copo, no negrume da jurubeba que bebíamos e no escuro em volta.

— E por que resolveu se matar, meu caro Antônio? – Retornei.

— É que eu sempre fui sozinho. O mais danado dos cães sozinhos.

— Disso todos reclamam. Como eu agora, sem mulher.

— É, foi. Mas aquilo me deu raiva. Porque quando era novo eu tive duas mulheres, que eu paguei. E resolvi trabalhar na banda porque tive essas mulheres. Depois, mesmo com trabalho e dinheiro não apareceu mulher alguma. E se passaram meses, e se passaram anos. Eu fui ficando triste e sem amigos. A solidão é um círculo vicioso. As pessoas não querem ouvir a nossa voz, que não está afinada com nenhuma outra. E onde não há ninguém, os outros também não vão. Ficamos sem o brilho que deveria nos vestir, um certo fogo que atrairia a sociedade. E não podemos culpar ninguém por isso, e não podemos resgatar nada. Um homem só, o que pode aproveitar é toda liberdade e toda cachaça. A aposentadoria da prefeitura... — Ele gritou nessa hora, para os outros fregueses do bar ouvirem. — Eu sou um homem rico. Eu bebo o que quero, eu faço o que quero e eu posso rir de todo mundo. Veja quantos imbecis estão nesse cabaré hoje — o homem tentava chamar a atenção, mas as pessoas

Eu, que não amo ninguém 75

sequer reparavam naquela insignificância que ele era. Alucinado, Antônio ergueu a mão no escuro e continuou:

— Vamos, Boneca, vamos para o Oratório dos Condenados.

Quem diabos ele estava chamando de Boneca? Salsa ficou de pé, deu três passos cambaleantes à frente e olhou em volta, tentando enxergar as pessoas no salão.

— Vamos, Boneca, vamos.

Foi aí que uma jovem magra e feiosa, que até então estava encostada à porta do bar, levantou-se e correu para abraçá-lo pela cintura.

— Já tô aqui, meu patrão.

Os homens no bar estouraram em risos e troças no encontro daquele casal tão estranho. Antônio não se importou com nada, esticou o braço para trás, me chamando, e seguimos para a saída. Lá fora, ele gritou de novo:

— Cadê São Gonçalo, cadê São Gonçalo?

Uma velha mestiça de índia, usando longo vestido escuro e chapéu de palha sobre um lenço, veio nos encontrar na calçada, com uma viola na mão.

— É a senhora que é São Gonçalo? — Perguntei.

— Não, meu amor, o meu nome é Maria, mas esse tonto me chama de São Gonçalo porque eu toco viola, que nem o santo. E agora todo mundo me chama assim também, no costume. O senhor acha isso certo, meu lorde?

— E essa menina, é sua?

— É Maria também, minha filha. É que o povo acha a pobrezinha tão feia, coitada, assim tão magrinha, não serve nem de puta, dizem que ela é Boneca-de-Feitiço. O senhor já viu coisa mais feia que uma boneca de feitiço?

76 *Franklin Carvalho*

— Deixa de conversa, São Gonçalo – Salsa interrompeu —, que esse daí é cigano, não entende os gajão que nem nós. Essa viola não toca?

Maria de São Gonçalo começou a dedilhar o instrumento e saímos andando sem rumo, cantando os únicos versos que lembrávamos de uma toada de Vicente Celestino.

"Noite alta, céu risonho
A quietude é quase um sonho
O luar cai sobre a mata
Qual uma chuva de prata
De raríssimo esplendor
Só tu dormes não escutas
O teu cantor"

A viola, embora tivesse um corpo muito precário remendado de couro, e cordas rústicas que mais pareciam arames, emitia um som tão arrebatador quanto a lua cheia daquela noite, enquanto os penedenses nos arreliavam pelo caminho. Passamos tortos pelo Paço Imperial, um sobrado enorme que parecia flutuar projetado sobre o Rio São Francisco, e subimos em direção ao Oratório dos Condenados, uma capelinha de única porta numa praça cheia de casarões da prefeitura. Chegamos sem forças nem propósitos aos pés do Oratório, sentamos na calçada e ali foram aparecendo mais alguns homens que voltavam das festas e que se juntaram à cantoria. A violeira tocou mais uns cocos e sambas da terra, às vezes improvisando nas rimas, depois parou e entregou o instrumento para um rapazote dedilhar. Ela abaixou-se ao meu lado, pediu que lhe fizesse um cigarro e continuou falando do apelido.

Eu, que não amo ninguém 77

— São Gonçalo, o santo, no tempo de antigamente tocava viola para as putas dançarem a noite toda. A puta se entretinha, cansava e não tinha como pecar.

— E se dependesse da senhora, seria melhor que a sua filha fosse mais bonita ou é melhor do jeito que está, para que não se perca?

— Não sei. Essas coisas que não aconteceram lá para trás, no passado, a gente nunca pode saber delas.

— Nesse Oratório, baiano — gritou Salsa —, os homens que ficavam presos na cadeia, naquele prédio ali na frente, eles faziam aqui as suas orações. Vê se você aprende o caminho, um dia pode precisar, né?

Não dava para considerar as bobagens que o maestro dizia. Ele mirou as torres da velha catedral da cidade, também naquela praça, e começou a cantar a Oração de São Francisco, primeiro em voz baixa, mas logo levantou o tom, atrapalhando a seresta. Os outros homens se indignaram, largaram a viola e foram embora, o que fez o barbudo ficar também revoltado, arrotando e cuspindo como um porco.

— É, foi. Vamos embora. Vamos embora mesmo.

Quando chegamos à casa de Salsa, eu, ele e as duas Marias, mãe e filha, não precisamos de chave para entrar naquele chiqueiro. A porta da frente tinha a fechadura arrombada e se abriu com um empurrão do dono. Lá dentro, ele acendeu um candeeiro e eu pude perceber um amontoado de areia junto a um canto da primeira sala.

— É para fazer uma reforma. Quando sobrar tempo. Mas pode esperar...

Salsa não avisou onde queria nos alojar, entrou por um corredor estreito, depois num cômodo mais à frente, e bateu atrás de si alguma porta, levando o candeeiro. Na penumbra que restou, as duas Marias seguiram atrás dizendo que iriam se ajeitar nos fundos, perto de um fogão a lenha, e fecharam outra porta. De repente, toda a luz que ainda restava sumiu de vez. Como mais não me disseram, nem eu perguntei, acabei deitando sobre uns panos e um tapete de sisal ali mesmo na sala, junto à pilha de areia.

Não sei quanto tempo se passou no meu sono. De repente, eu dormia feito pedra, acordei sentindo uma mão leve desamarrando os cordões da minha calça. Abri os olhos e não consegui enxergar nada no escuro em volta. Tateei assustado e encontrei os cabelos de uma mulher, a cabeça de Maria Boneca. A moça segurou as minhas mãos e, como já me tinha nu das partes, pôs-se a beijar aqui e ali, enquanto eu ainda decidia continuar imóvel, de olhos fechados. Não a queria, é verdade, mas precisava daquele desfrute, e resolvi fingir que dormia.

Aquela boca sobre a minha pele, no entanto, tinha bons propósitos. Era quente, decidida e produtiva. Eu sabia que não a beijaria, aquela usina que tão bem sabia moer-me, não tocaria o corpo daquela dona desconhecida, mas me lembrei de conceito antigo, meu mesmo, que dizia que as mulheres mais feias são as que mais entendem das ousadias. E Maria Boneca estava ali mesmo, independente do que eu pensasse, redimindo a minha cachaça sem exigir nada, apenas moendo, moendo, moendo até encontrar o sumo.

Logo que o serviço acabou, eu me virei de costas, puxei a calça e abri os olhos, vendo que já amanhecia. A mulher

Eu, que não amo ninguém 79

levantou de vez, sem dizer palavra, e correu para os fundos da casa, deixando todos os pecados sob a minha guarda. Eu era o pai do domingo que se iniciava, suava frio, mas logo me acalmei e sorri, satisfeito como um rico à luz do dia.

A noite tinha oferecido comida, bebida, amigos e mulher, quase tudo de graça, e tudo para me fazer feliz. Saí da casa de Salsa enquanto todos dormiam, cedo ainda, e cada passada na rua me perguntava se era certo o que eu fizera a noite inteira. Por que não tinha levado o pó atrativo, João de Isidoro? Porque era muito caro para desperdiçar daquele jeito. Só um pouquinho, João de Isidoro? Não, era muito caro até um pouquinho, e se eu precisasse no futuro?

Era certo, era errado, e uma dona que vendia mingau na feira acreditou na minha simpática lábia de desprovido e me deu um copo de arroz-doce. Era certo, era errado, pôs três lascas de canela. Era certo, era errado, ganhei um talho de requeijão do homem que transportara no dia anterior, em outra barraca. Era certo, era errado, assisti à missa na Igreja do Rosário dos Homens Pretos, templo muito acolhedor e muito simples, com uma só torre, erguida numa das laterais, e a fachada despida de enfeites.

A manhã foi avançando e César me encontrou no lugar certo, no meio da feira, na hora certa para voltarmos ao engenho. Ele estava louco para saber como fora a minha noite, mas eu só falei das canções que aprendi numa seresta com gente desconhecida. Então o contador do Engenho Novo dirigiu cantando aquelas mesmas músicas e eu dormi a viagem toda, até chegarmos em casa.

Dois cavalos

Eu não teria comprado este casarão em Alcântara, com portas de venda num lado, meia morada e quintal grande, se não fosse por Rosa, que me atraiu para terra tão distante. E o preço nem foi problema, pelo contrário, acha-se muita oferta nas ruas do centro, o difícil é ter coragem e dinheiro para reformar essas relíquias, e mudar para estirão tão longe no Brasil. Só compromisso sério de família ou de trabalho manteria um estranho aqui. Quem vem deslumbrado com a paisagem não aguenta a solidão, porque o povo de Alcântara tem mesmo temperamento de ilhéu.

Rosa é criatura de alma muito tenra, e uma pessoa pode fazer muita diferença, pode modificar totalmente a vida do seu companheiro. Tem mulher que engaiola os homens fracos, outras que castram os mais capazes, e homens que amortalham moças que decidem segui-los. Também há mães e pais que tentam fazer de frangotes grandes galos, extraindo seus cantos roucos quase com sangue. No entanto, é preciso ter cuidado com a influência e o domínio. O maior risco é arrancarmos a alma do outro, e colocarmos dentro dele somente as suas sombras, pois também as sombras sofrem muito quando ficam presas. Ainda bem que na minha casa não há nada desse sufoco.

Eu, que não amo ninguém 81

Fiquei uns dois anos habitando o Engenho Novo e muitos meses, muitos dias, não significaram nada. Da mesma forma que ocorre em qualquer lugar, certas horas foram maiores que outras e resolveram a vida, enquanto dias imensos poderiam ser jogados ao vento, ou emprestados a desconhecidos, porque neles apenas cresceram o cabelo, as unhas e os órgãos que mudam de tamanho, apenas envelheceram a pele e os dentes.

Por isso, eu salto os desnecessários dias que transcorreram até o acidente com a cozinheira muda e falo somente da queda que a deixou de cama por mais de duas semanas. Era perto do meio-dia, ela escorregou no banheiro e não conseguiu se levantar sozinha. Estávamos em casa eu, o patrão e o Gazo, e lhe providenciamos socorro. Na verdade, agimos eu e o Gazo, pois o Francisco dos Anjos ficou calado, quase não reparava no que fazíamos, sempre com a cabeça baixa, como se quisesse esconder seus sentimentos. Pelo menos emprestou a Rural, que fizemos de ambulância, o contador César dirigindo.

Levamos a Muda imóvel para um enfermeiro no Penedo, que enfaixou a coitada e nos deu algumas caixas de medicamentos. Na volta ela ficou deitada, preguiçosa, rainha e aposentada, comendo por vários dias a comida ruim que eu fazia para todos. Logo eu, que até então nem podia entrar na cozinha. Fiquei também encarregado de lavar banheiro em seu lugar, de varrer cuspes e de despejar urinóis a cada manhã. E quem disse que mudos não conversam? Ela falava pelos cotovelos e pelos gestos que fazem as mãos dançarem. Em alguns momentos a Muda gritava tanto pelos berros quantos pelos desregrados sinais, nos quais eu escutava até palavrões.

Aquele diabo em forma de mulher, que poucos dias antes vivia limpando chão e vasculhando as teias de aranhas nos telhados, poderia sozinha encher de prosa o Engenho Novo. No começo, somente reclamava das dores, depois começou a perguntar pelo patrão, que não aparecera no seu quarto até o quinto dia em que ela ficou acamada. Eu tentava convencê-la de que o homem estava ocupado com as plantações e os negócios, andando com o Gazo pelos matos, mas o barulho das botas ecoando na sala ou vindo direto da varanda me desmentia.

Numa hora em que eu servia o almoço à infeliz, o chefe finalmente apareceu. Vi que não lhe faltava coração, pelo contrário, era a pena que o mantinha longe da cena de morbidade. O patrão ficou parado na porta do quarto e a Muda quase estendeu a mão em sua direção, mas acabou deixando-a cair sobre os lençóis. O silêncio perdurou um pouco e Francisco dos Anjos somente perguntou se estava tudo bem. Eu respondi que sim, mas ele pareceu nem ter ouvido a minha fala, que ficou escondida na penumbra. Virou-se de costas e disse:

— Vou ter de ir a São Cristóvão, fica perto de Aracaju. Passo três dias lá. A despensa está cheia.

Isso aconteceu por volta das duas da tarde, e a Muda logo caiu no sono, só despertando para tomar a sopa noturna. Eu ficava ao seu lado todas as noites após o acidente e estive também naquele dia, estendido numa espreguiçadeira onde cochilava. No meu sono de quase vigília, acordei de madrugada ouvindo um choro doloroso e me adiantei, a luz do lampião era já fraca, para ajustar a posição da minha paciente, aliviando o seu sofrimento. A mulher agitou-se quando a toquei e segurou o meu pescoço. Abrindo os olhos, pôs a outra

Eu, que não amo ninguém 83

mão sobre a própria cabeça, como se falasse de alguém que usa chapéu, perguntando do jeito dela por Francisco dos Anjos. Eu repeti mais de uma vez que ele tinha viajado, mas ela estava muito nervosa, desesperada com suas dores, pedindo para falar urgentemente com o patrão.

Pelo que entendi, a Muda acreditava que iria morrer, tinha certeza daquilo e precisava confessar a alguém um grande pavor que sentia. Ainda no seu desespero, fez com os dedos da mão esquerda o número dois, ao mesmo tempo sugerindo dois chapéus, como se quisesse simbolizar dois homens, dois chefes. Reconheci que ela estava citando a história do tal irmão de Francisco dos Anjos, e que tinha muita coisa para dizer. Logo fiquei com a curiosidade acesa, querendo descobrir um novo fuxico, mas precisei ter paciência porque não dava para entender nada naquela perturbação. Por fim, a dona foi soluçando, suspirando e gemendo até adormecer de novo, e levou o seu segredo para as fibras de silêncio que acortinaram a noite.

No dia seguinte, acordei com dores horríveis nas costas, me perguntando se havia algum remédio caseiro para aquilo, algum óleo para os ossos, mas não tive outro consolo senão tornar à rotina dos trabalhos. Labutei até o meio-dia, lavei o tanque de água do quintal, que estava cheio de limo, corri a vassoura pelo derredor da casa, raspei o chão da sala para retirar o barro encravado e preparei um feijão-de-corda para os poucos que éramos eu e a Muda, o contador e o Gazo. Levei o feijão amassadinho de garfo para servi-lo na boca da minha paciente, que olhava sonolenta para o horizonte das suas cobertas. Já estava treinado para entender o que ela dizia pelos gestos, mas a dificuldade então era outra. A Muda só contava loucuras.

Ela me revelou que, quando o patrão a chamou para trabalhar no Engenho Novo, lhe pediu que guardasse segredo sobre tudo o que visse, mas a Muda soube, por ele e por outras pessoas, de muita coisa que a deixou assombrada. Que o chefe tinha sido órfão de pai desde muito novo, e que também tinha um irmão gêmeo, e os dois moravam em uma cidade muito pobre e muito distante, num barraco coberto de palha. Além da pobreza, os meninos tinham que conviver com uma mãe de idade avançada, que chorava noite e dia pela ausência do marido, sempre vestida de preto. Certo dia, quando os gêmeos já eram rapazes, faleceu um primo distante, caixeiro, que, não tendo mais herdeiros, deixou aos jovens um bom dinheiro e as terras que possuía. A Muda não citava nomes, mas me narrou uma história com muitos detalhes, como se a tivesse vivido pessoalmente. E para que eu possa descrever o que entendi, vou inventar que a mãe de Francisco se chamava Celeste, e o gêmeo se chamava Rodolfo.

Pois aquele jovem Rodolfo, que era o preferido da velha Celeste, pegou uma pequena parte da herança do caixeiro, tomou a benção da mãe, arrumou as suas poucas roupas e seguiu para Maceió, onde estudou até se formar professor. Já Francisco não pediu nem benção nem opinião, abraçou a maior parte do dinheiro, vendeu os bens do caixeiro e comprou um engenho velho e decadente no Penedo do São Francisco. Ele se mudou e levou a velha mãe e a manteve nos serviços domésticos. A Muda contou que a viúva nem se importou de continuar no borralho, pois vivia alheia por seu

Eu, que não amo ninguém 85

próprio gosto. Ela só desejava sumir e encontrar o marido no além. Aí veio a parte mais intrigante.

Passados poucos anos, Rodolfo deixou Maceió e foi visitar os parentes no Engenho Novo, num tempo de verão próximo ao Natal. O professor chegou muito feliz, de corpo e feições iguais aos do irmão Francisco, gêmeos a vida toda, mas tão cheio de elegância e desenvoltura que causou ciúmes ao patrão da casa.

A cada dia piorava o desconforto de Francisco dos Anjos, que ainda não havia conseguido aprumar-se no Engenho Novo e só tinha o Gazo por empregado. Além de estar com inveja do irmão, também temia, como era o seu normal temer tudo, que o gêmeo lhe tomasse a sua propriedade. Porque aconteceu também de ele precisar de dinheiro e de Rodolfo ter a quantia e lhe dar. O professor disse ainda que não se preocupava mais em ir embora, pois estava muito feliz com a vida no engenho, nem se afobaria em procurar emprego no ano novo que se avizinhava.

Nos outros dois dias em que o patrão esteve fora, muito mais daquele cordel de sandices me foi recitado em pedaços repetidos. Sentado na espreguiçadeira eu imaginava que a Muda poderia recuperar a saúde se contasse o que lhe afligia, mas esse milagre não se realizou. Ela disse que, na antevéspera do Natal, à mesa do jantar, o nome do primo caixeiro foi pronunciado. Rodolfo perguntou se haviam sido feitas a ele as missas póstumas, todas as missas que se rezam às almas do purgatório por tradição. No caso do caixeiro, seria bom também mandar celebrá-las pelos desafetos de negócios que ele pudesse ter agravado.

Francisco respondeu que nenhuma missa tinha sido realizada, sequer paga, porque o testamento não falava disso. Ora, o testamento não as mencionara, como antigamente os mortos deixavam essas recomendações e dinheiro para aviá--las, porém a obrigação permanecia. O patrão dos Anjos bem conhecia o costume, e admirava o caixeiro pelo seu sucesso, mas era homem insensível, desses que só vê o boi como carne de boi, o porco como carne de porco e as crianças como mulheres e peões que custam a crescer. E aquela frieza era dolorosa para ele mesmo, que não queria ser assim, mas que julgava se defender.

O assunto continuou em debate e Rodolfo se ofereceu para ajudar. Iria à missa de Natal no dia seguinte com o irmão e falaria com o padre para ver que jeito se poderia dar. Francisco ficou em silêncio e a mãe compreendeu o seu constrangimento. Ela levantou-se, pegou o seu prato e foi terminar de comer na cozinha, enquanto os filhos cessavam a conversa e se recolhiam calados, cada um ao seu quarto. Em seguida, a mulher retornou e limpou a mesa emporcalhada da janta dos dois machos.

Na véspera do Natal, os filhos saíram no final da tarde, já quase escurecendo, para assistir à missa no Penedo. Os dois seguiram montados nos únicos cavalos que havia no engenho, solenes, com a roupa fina de rapaz da capital e o arranjo simplório do roceiro. O Gazo se adiantou pouco depois para os seus aposentos de empregado sujo e herege, e a velha

Celeste ficou deitada numa espreguiçadeira na sala, as portas e janelas todas fechadas, o candeeiro já aceso, pendurado num prego na parede. Ela tentava lembrar do passado, do seu mundo de falecidos, mas o sono lhe roeu os calcanhares e jogou areia em seus olhos.

Poucas horas depois, a mulher acordou com um baque violento que veio dos lados da despensa, no quintal da casa. O barulho encheu de pavor o seu coração. Ela apanhou o candeeiro, correu para a cozinha e, apenas abriu a porta que dava para os fundos, viu que uma das paredes da despensa, no lado de fora da casa, havia ruído. Somente então se deu conta de como era pesada a chuva que encharcava aquela noite, uma tempestade de verão cheia de raios, de trovões e de ira. Tanta ira havia que a velha, mesmo andando na chuva, alguns poucos metros, é verdade, para se aproximar do estrago na despensa, o candeeiro que ela carregava não se apagou.

A viúva voltou para dentro da casa e fechou atrás de si a porta do quintal. Logo a chama do candeeiro se extinguiu e lhe veio um pensamento assombrado, claro como se uma voz saltasse dentro de si:

— A família é a lavoura da morte.

Ela correu para o fogão a lenha, onde ainda queimavam algumas brasas do café da tarde, tateou até encontrar os fósforos e acendeu novamente o pavio da luminária em suas mãos geladas. "É verdade" pensou, "toda família é a lavoura da morte". Aquele momento doloroso durou uma hora estancada e tesou as carnes da sua nuca. Doeu muito tempo e foi profundo como um ato de contrição. A Muda descreveu para mim o pensamento que dominou aquela senhora.

A família é a lavoura da morte porque vemos os nossos nascerem e os nossos nos veem nascer. E, quando se morre, é a família que faz o enterro. Os estranhos nos parecem lindos porque não carregam essas lembranças, de despedidas passadas e de despedidas futuras, que vemos nos irmãos, nos tios e nos pais. Os estranhos passarão. Professores, patrões, amantes, amigos, todos se perderão e nos perderão, mas as famílias guardam o terreno onde seremos colhidos secos, velhos ou crianças.

A velha deixou-se cair na espreguiçadeira com aquela ideia fixa, como se fosse um saber muito antigo, e o candeeiro tremia em sua mão. Embora estivesse acostumada a devaneios sombrios e também o pior do susto houvesse passado, permanecia abismada. Por que, justo naquela noite tempestuosa, unira tão facilmente família e morte na mesma legenda? Não havia dúvida, algo iria acontecer, as mulheres percebem essas coisas. Esta certeza levou para o seu coração, como que pela circulação sanguínea, a dor que tinha surgido na nuca.

Como ela estava sem relógios e os filhos poderiam demorar na cidade depois da missa, talvez ficassem por lá até a manhã seguinte, aquela dor durou horas infinitas, o quanto ainda foi preciso esperar. Durou até meia-noite no casarão de telhado desarrumado, de muitas goteiras, durou suspiros angustiados, durou mais partes de hora e só não rendeu além porque, a alguma altura da madrugada, a chuva sem parar um só instante, dois cavalos e um dos filhos chegaram ao batente da casa do engenho.

— Mãe! – Gritou o homem do lado de fora, e a velha foi abrir a tramela da porta.

– Mãe, sou eu, Rodolfo.

Eu, que não amo ninguém 89

O rapaz na varanda estava desesperado, chorando, com as finas roupas da moda rasgadas em tiras.

— Francisco sumiu na chuva, minha mãe. Nós nem chegamos ao Penedo. No caminho de ida, nós nos abrigamos embaixo da jabuticabeira da estrada, mas teve uma hora em que ele enlouqueceu e saiu galopando no mato. Ele gritava contra o céu, dizia nomes escandalosos e se perdeu no escuro. Foi para longe, bem longe, e um raio caiu na direção em que ele seguiu. Eu fui atrás, mas não o achei, só encontrei essa camisa ensanguentada e o cavalo perdido.

Rodolfo mostrou à mãe a camisa que Francisco vestia quando saiu de casa, manchada de vermelho. Os dois principiaram a chorar e ficaram na sala mesmo, desconsolados, até o dia amanhecer, torturados pela chuva. Quando o sol veio em perfeito estio, Rodolfo saiu para procurar Francisco por onde dissera que ele desaparecera. A família não contou nada a ninguém, nem ao Gazo, e no engenho era como se o patrão estivesse ainda na cidade, adiando o retorno após a missa.

Como o passar dos dias, sem nenhuma notícia de Francisco dos Anjos, a velha Celeste foi piorando um pouco do juízo. Uma semana depois, sentados na varanda, à noite, Rodolfo tomou a mão da mãe e anunciou sua decisão:

— Mãe, é toda essa situação muito estranha, e olha o que eu pensei para fazermos frente a ela: Eu disse ao Gazo, desde que cheguei da missa do Natal, que eu sou meu irmão Francisco. Que Rodolfo foi embora, ele é que se foi, não disse para onde, revoltado com uma briga de família. Eu quero ficar aqui com a senhora até Francisco reaparecer, eu ficarei aqui e vestirei as roupas de Francisco, e assumirei os negócios e a postura de Francisco, e me apresentarei no comércio como se fosse ele, usando as suas calças e os seus costumes, e te farei companhia, minha mãe, para que não comentem maldades deste sumiço que ele se deu. Francisco era homem de muitas incompatibilidades com as pessoas. Se dissermos ao mundo que desapareceu, hão de crer mesmo que nós lhe demos fim. Permita, minha mãe, permita ao teu filho preferido acompanhar a tua velhice e resolver as coisas que precisam ser resolvidas.

Nada daquilo causou surpresa à velha. Falar de uma desconfiança de crime era como dizer do crime mesmo, de um irmão matando e enterrando o outro debaixo de uma cortina de chuva, fosse por ciúme, por ganância, ou somente para se defender de quem lhe quisesse dar fim. Sem juízo, ela acreditava que Francisco era quem tinha matado. Que ele, sim, tinha se vestido, depois, com as roupas de Rodolfo, e também as havia rasgado em tiras e inventado o resto. Mas a mãe não disse nada, mais alienada ficou, sem saber ao certo por quem estava chorando.

O tempo passou com largas pernas depois daquela noite, que não teve velórios nem lutos, e a ideia de mascaramento, por mais maluca que fosse, acabou funcionando. Os donos de engenhos, os comerciantes e os outros vizinhos não sentiram nenhuma diferença. Rodolfo, se Rodolfo era, conseguiu ser mais cruel que o irmão no seu papel de proprietário do mundo. Tratava o Gazo com mais arrogância ainda. Ficou, finalmente, para sempre, o Francisco dos Anjos que eu conheci quando cheguei ao Penedo.

Quando a história se completou, eu tinha tantas dúvidas que quase não consegui acreditar que aquilo fosse somente uma maquinação absurda. Lembrei de o patrão ter contado

Eu, que não amo ninguém 91

do tal episódio do tempo de estudante em Maceió, do bandido com a língua cortada. O estudante não seria mesmo o irmão de Francisco? Ou tudo não passava de história daquela empregada cozinheira muda acamada? Ela inventava dois homens onde houvera um só, ela falseava somente para esquecer as dores? Mas o patrão mesmo havia me dito que lia muito... Onde tinha desenvolvido gosto pelos estudos?

Na última noite antes de o patrão chegar, noite de lua cheia, carreguei a Muda nos braços e a coloquei numa rede armada na varanda. Sentei-me no chão ao seu lado e comecei a descascar amendoins torrados, servindo-nos enquanto contava a minha vida. Ela não me dava atenção, parecia ter raiva de mim, talvez arrependida por haver exposto confidências do santo lar que era seu emprego e sua religião, sua vida. Voltou a ser arredia, igual ao dono do engenho.

Saboreava, com os pequenos grãos que eu lhe dava, alguma apetitosa fantasia sobre os tais irmãos dos Anjos. Eles deviam ser como o ódio e o amor, dois gêmeos cegos que usam um as roupas do outro, do mesmo tecido, de cores diversas.

Perguntei se ela tinha conhecido a mãe do patrão, e ela respondeu que nunca a vira, nem sabia do seu paradeiro, sequer se tinha morrido ou sido enterrada no Penedo. Nunca vira uma foto da velha, nem achara um seu rosário, ou broche ou dentadura. Sobre o tal gêmeo, ela também não o conhecera e não tinha mais notícia dele. Eu quis saber se nunca conversara com o Gazo sobre o assunto, e a Muda disse que o Gazo quase não lhe dirigia a palavra, e só a procurava para reclamar e pedir comida.

Indaguei então sobre as mulheres que Francisco dos Anjos tinha trazido para o Engenho, ao longo dos anos, e sobre o tratamento que elas davam à cozinheira. Nesse ponto, a Muda foi muito dura, respondendo que só queriam saber de dinheiro, que gostavam de pisar nos outros e por isso o amor não vingava. "São todos iguais, me tratam do mesmo jeito", parecia dizer. De quem você está falando — questionei —, de Francisco, das mulheres? "De todo mundo", ela gesticulou, rodando o dedo na vertical e depois apontando para a terra.

Eu silenciei e olhei para a enorme lua no céu, depois para a outra lua na rede, duas mulheres que viviam como caranguejos, baldeadas nas marés e nas loucuras dos homens. Então fiquei calado, assustado, pensando em mim, menino, estranho, longe da minha família e da lavoura que ela preparava.

Eu, que não amo ninguém 93

A pura mentira

Eu, que precisei trabalhar quando ainda era um garoto, sofri na infância muitas das violências da pobreza, principalmente o sentimento de vulnerabilidade, uma condição que mancha a alma da pessoa. Por outro lado, como outros meninos sem pai, inclusive o Francisco dos Anjos, desenvolvi uma eletricidade diferente. Vivia em vigília, desconfiado, e queria lutar e conquistar o mundo sozinho.

É difícil para as outras pessoas entenderem a velhice precoce dos órfãos, a cólera macerada no seu sangue. Os órfãos descreem de amizades repentinas e de grandes arroubos, mas são sensíveis a tudo. Qualquer vento lhes alegra, qualquer noite lhes resfria, qualquer chuva, mesmo mínima, lhes anima. E respeitam muito os trocados conseguidos nos trabalhos nas feiras, na limpeza de quintais, nas lavagens dos açougues. Amam ser considerados no meio dos homens, e usar os chapéus dos homens seus ídolos, e usar os seus cintos de fivelas grandes, e os homens lhes dizem "menino, sela o meu cavalo". Os órfãos são filhos e herdeiros de todos os homens e ao mesmo tempo de homem nenhum.

Eu me lembro de quando era moleque, e minha mãe me pôs para trabalhar com um velho, compadre seu, que vendia verduras na feira. O velho era uma figura decente, e dois dias

Eu, que não amo ninguém 95

eu fiquei com ele ali, ajudando, sentindo-me integrado. No terceiro dia, no entanto, o homem não pôde ir e mandou no seu lugar um neto que tinha a mesma idade que eu, por volta dos nove ou dez anos. Foi naquele dia que eu comecei a achar que nasci mesmo para receber sopapos. O menino era um capeta para maltratar e desfazer das pessoas.

Primeiro, tentou me ensinar a roubar das freguesas, disfarçando as partes podres dos repolhos e das cebolas com cascas falsas, desviando as verduras no caminho da balança para a sacola, abusando da conversa fiada e de mãos leves, enganando no troco ou inventando preços diferentes para as mesmas coisas, a depender da cara do comprador. Acabou afastando a clientela e colocou a culpa em mim. Depois, inventou que eu deveria sair pela feira com sacos de cebolas, e que só poderia voltar com tudo vendido, o dinheiro no bolso, se quisesse manter o emprego. Andei pelas ruas chorando, já no meio da tarde, a feira minguando, oferecendo os sacos às donas de casa, aos bêbados, aos namorados na praça. Eu me encostava nos cantos querendo estancar o choro, mas os olhos não escapavam de dentro das águas. Ao contrário, me vinha aquele desespero de ter que trabalhar e não suportar a dor.

Eu não sabia que as cebolas me faziam chorar. Quando encontrei a minha mãe na rua, nem consegui confessar qualquer mágoa. Ela entendeu do seu jeito e me levou para lavar os olhos com gotas de limão na casa de uma tia. O suco cítrico ardeu também, mas valeu mais me sentir abrigado em casa do que incendiado de raivas naquela maldita rua.

Foi por isso que, mesmo tendo ficado logo aliviado, ainda demorei algum tempo para voltar à banca e devolver a mercadoria. O patrãozinho estranhou quando eu cheguei, já muito tarde, com os mesmos sacos. Ele tentou reclamar, mas eu estava muito mais forte. Não lembro o que respondi, mas sei que o encarei com coragem, e deixei por lá o fardo daquele dia. Fui embora, com todos os espíritos meus parentes, realizando a minha primeira fuga da escravidão.

No engenho eu carregava o mundo nas costas e carregava as malas do patrão também. A Muda ainda se recuperava da queda, o Gazo fugia sempre. Eu peguei as malas e as compras que o patrão fez em São Cristóvão e depositei a bagagem no seu quarto, aos pés da sua cama larga, na manhã quente como o inferno. Ele veio naquele seu nervosismo de sempre, querendo vasculhar palheiro, encontrar agulha e fazer rico e camelo passarem por ela. Ao homem solitário, nada lhe convém mesmo. Todo homem solitário é um vexame, como dizia o César contador. Eu tinha me preparado para a repugnância de um reencontro, e não deu outra.

O homem trajava roupas novíssimas, coisa fina comprada na viagem. Nem deveria ter lembrado que havia gente doente no engenho, e eu pensando em seu incômodo que ele não teve. Se sentimento possuía, a demonstração foi pouca. Logo na chegada, disse que estava sem nervos, que não dormira na noite anterior. Eu fiquei esperando então que, depois de almoçar o feijão cheio de carnes que lhe preparei, ele repousasse. Mas nada, o patrão passou a tarde toda correndo a despensa, o alambique, as cercas, vistoriando a sua propriedade, que talvez considerasse a sua única família.

Já perto de anoitecer, fomos até a casa mais distante que havia no engenho, uma construção pequena, simples e nova.

Eu, que não amo ninguém 97

Ficava num lugar bastante afastado, de cercas precárias, avizinhado por roças de pequenos lavradores que ali viviam havia muitos anos, moradores de casebres paupérrimos e plantadores de mandioca, de milho e de feijão. A casa do patrão, de alvenaria rebocada, tinha piso de cimento assentado com pó xadrez vermelhão e contava com alguns móveis de madeira ruim, daqueles que se vendem nas feiras. Possuía poucas janelas e ficava o tempo todo fechada, e o chefe não explicou porque resolveu visitá-la.

De repente, avistamos um velho e algumas mulheres da comunidade vizinha que passavam com latas de água e bacias de roupa, certamente voltando de uma lagoa que havia ali perto. Eram todos caboclos ou negros, como outras pessoas que apareciam mais distante, também da vizinhança. Na última fila do grupo, uma jovem puxava por uma corda uma cabra indócil, mas o animal se soltou e veio correndo em nossa direção. O chefe se adiantou, aproveitou a distração do bicho e conseguiu agarrá-lo pelos chifres.

— Muito obrigado! — Disse a moça, tímida, ao receber a cabra.

— Não deixe o seu jantar fugir... — Comentou o patrão.

— Não é jantar — respondeu a garota, parecendo ofendida. — Ela me dá leite sempre que preciso. E faço queijo, a minha riqueza.

Sem falar mais nada, a jovem deu as costas e retornou para os seus acompanhantes, que a aguardavam longe. Francisco dos Anjos se mostrou irritado com aquela falta de cerimônia, até mesmo porque a moça, que aparentava ser muito pobre, tinha uma beleza fascinante.

— Essa gente parece fantasma, nunca me dirige a palavra. O que eles pensam que eu sou? O mal encarnado?

Algo havia mordido o patrão no tempo em que estivera fora, não era difícil perceber, e o tinha mordido tanto que ele voltara ainda mais duro. Se Rodolfo tinha virado Francisco eu não sei, nem mais cogitava daquelas alucinações da Muda. Sei que o duro e único Francisco dos Anjos que eu conhecia estava ali, mais imperativo do que nunca.

Quando tornamos à casa do engenho já era noite e ainda me restava, sem direito a banho ou descanso, dar a comida para a Muda adoentada. Nem bem me livrei daquela tarefa, ainda sem rancho e sem ter bebido água, o homem de sempre me convocou para a mesa de maçaranduba, na sala de escrever cartas, e ditou outra das suas dores:

"Caríssima Anita,

Tu sabes que eu olho, penso e sou inflamado, como uma lagarta-de-fogo. Por isso, os meus dedos te queimam, se te tocam.

Por isso, até em silêncio, refletindo, estou ardendo, incendiando os meus pensamentos, e eles se desmancham como papéis carbonizados, dispersos pelo vento. Negros.

Se tenho sede, não alcanço a água, que se evapora antes de me cair à língua. Sou uma alma em carne viva, tenho os olhos em carne viva, os ossos em carne viva, o coração em carne viva.

Hoje sinto a falta de tudo: a casa perdida não tem endereço, o amor perdido foge em todos os lábios, de todos os lábios. A hora perdida é esta, é sempre.

O céu se crispa nas nuvens que se avizinham, brancas espumas, enquanto o azul se arrebenta no horizonte sem respostas. A solidão é uma sombra, uma rede que se abre sobre a minha cabeça e se espalha pelos cardeais. Duvido que estejas alegre com o futuro que nos deste.

Imaginei que tu me compreenderias ao longo do nosso convívio, mas quanto mais eu tentava alcançá-la, a tua pele e os teus cabelos sedosos, quanto mais ansiava te ver sempre em meus lençóis, o teu amor era tão casto que arruinava as minhas vontades. A culpa foi mesmo minha, que só sei amar com este fogo trêmulo, desesperado. Este fogo que deverá sumir assim que vier a calvície, em pouco tempo, e a velhice tornará ainda mais imoral.

Hoje volto frustrado ao meu soluço de esquecimentos. Eu, que não consegui reter dama tão nobre e continuarei sozinho, merecedor de tanto quanto me açoitem o vento, as horas, o século. De hora em hora, me vejo ainda mais só, de hora em hora, me vejo ainda mais só, de hora em hora, me vejo ainda mais só"

O homem estava realmente doído de algum sofrimento recente, capaz mesmo de ter tido um desapontamento nos dias da viagem, mas algo que não revelaria a ninguém. Era assim que ele agia sempre, regido por três leis: segredo, mistério e mentira. Só ele sabia das suas horas de demônio, e tudo era camuflado, retido, e toda a agitação se passava dentro da sua face, e não havia testemunhas, provas, nem registro. Nem ele mesmo podia acreditar em sua confissão. E, sobre todas as coisas, uma nuvem densa, uma espessa névoa de melancolia.

Quando parei de escrever aquela carta, duvidei das lorotas da Muda que ainda me divertiam. Achei besta a minha experiência de enfermeiro, de acompanhar um folhetim de herança, duelo e fratricídio. Por isso, liberei o meu atrevimento para liquidar de vez o grande segredo que era mistério e que era mentira:

— Dizem que o senhor perdeu um irmão, seu Francisco...

— Não há irmão nenhum, fui eu que inventei um para me fazer companhia. E para me divertir, criando histórias. Porque passei privações e precisei ser grande, maior do que sou de fato. Era necessário que houvesse dois por mim. Saí contando do irmão e o povo criou o resto, histórias que me impressionaram muito quando soube. É até bom que pensem que há outro e que se me fizerem mal ele virá me vingar. Mas não há. De fato, sou só eu mesmo, e depois da minha morte não haverá nada, só eu no além ou debaixo da terra.

Lembrei-me então das histórias sobre o medo da chuva que comentavam que ele tinha. Na dúvida, voltei a acreditar em todas as histórias que me contaram, ao mesmo tempo. Tinha dois patrões, tinha um só, que era cheio de invenções. Pelo preço que estavam me pagando, mais valia colocar as barbas de molho e entender de vez que estava entre doidos. Por isso, meti certezas em todos os vácuos, como se jogasse barro para fechar uma casa feita de varas, ou remendasse uma coberta de retalhos.

Aquela coberta ficou torta e miúda, e só servia para gente como eu: se cobria a cabeça, descobria os pés, obrigando o pobre a se encolher para usá-la.

Áporos na manga, caindo da mesa

Aqui na venda, o trivial é rir e reclamar de quem procede mal na cidade. Eu mesmo ando distraído porque durmo muito pouco, vivo empurrando o sono com a barriga que só cresce. Tenho também um emprego no porto de Alcântara e acordo de madrugada para dar conta do serviço. Fico lá até o meio-dia, mas mesmo aqui no armazém ainda respondo como funcionário do cais. Vem o povo me pedir as chaves da bomba a óleo, do cadeado da catraia e o que acharem que é da minha conta. À noite, ainda ajudo a preparar mingaus e bolos que Rosa vem vender de manhã cedo.

Quando assumo o balcão da venda, à tarde, é uma felicidade ver chegar alguém que puxa assunto, mesmo os rostos já conhecidos, mesmo os mesmos resmungos, para espantar a preguiça. Porque aqui acontece, como já disse, de o armazém se encher de crianças querendo pães e merendas, mas os jovens não entram na conversa, apenas aborrecem, e aumentam a modorra. Eu, ao contrário, sou o tipo de homem que tem fastio com a agitação dos novos e desperta quando ouve os velhos.

A alegria de uma boa conversa também tomava conta do Engenho Novo quando o patrão queria falar de igual para igual

Eu, que não amo ninguém 103

comigo. Certa manhã, por exemplo, ele me trouxe um negócio chamado áporos, e nós passamos um dia inteiro ocupados com aquilo. O primeiro áporo foi justamente essa palavra que eu não conhecia e que dá nome aos problemas sem solução. O próprio Francisco dos Anjos era um exemplo claro de áporo. Havia muito tempo que ele tinha resolvido parar de ler, mas, talvez porque andasse muito taciturno, voltara a abrir livros. Via apenas textos curtos, sacava nomes que ninguém conhecia e os usava como um fumo só seu, mascando a palavra e cuspindo-a entre nós, os animais, que o cercávamos.

— Hoje é o meu dia de áporos! – Foi a primeira coisa que ele disse quando pisou as pedras do chão da copa, nos fundos da casa. Eu estava lá, sentado à mesa, comendo uns bolachões com café preto, e nem esperava cumprimento, mas perguntei, tímido:

— Que vem a ser isso?

— Sabe não? Áporo é uma questão difícil. É um problema sem saída, quer dizer, quase sem saída, uma cilada. Que nós nem queremos perder tempo ... Mas a inteligência é devota da dúvida... — O homem falou aquelas coisas alisando o pescoço, e a mão subiu dali para o queixo, onde três dedos massagearam embaixo dos lábios. Depois me fitou, esperando entendimento.

Eu já sabia, vendo aqueles dedos circulando no queixo de Francisco dos Anjos, que o meu dia não teria mais jeito, que eu passaria um bom tempo a seu serviço, quem sabe, catando áporos como piolhos. Não podia ter evitado, nem fugido. Fui pego inocente, escolhendo os bolachões menos murchos, que enfiava no café preto e levantava moles e encharcados para derretê-los na boca. Depois, tomei mais um copo de café com farinha de mandioca e rapadura, que é a comida que mais gosto, mas a sorte me escolheu.

Atrás da copa, no quintal da casa, as galinhas ciscavam entre as pedras, mantendo um silêncio de claustro, incomum para esse tipo de bicho. O sol rachava o chão duro do terreiro que a Muda, já restabelecida do acidente, voltara a varrer diariamente. Algum pássaro talvez voasse longe, abelha mais perto, e então o patrão entrou e falou aquele diabo de áporo. Eu caí na conversa dele, dei asas, e o assunto rendeu. O dia passou, o céu ficou nublado, depois mais nublado ainda e mais tarde choveu, e passamos horas em filosofias. E, como nunca naquela casa, aproveitei a moleza de ser uma companhia assim alugada e comi como um professor convidado.

A história foi essa mesma, o patrão falando solto e eu de ouvido interessado, de olho interessado, mas me metia na cozinha, apanhava uma laranja ou comia aipim, e trouxe metade de um queijo para a copa e devorei de lasca em lasca. Depois, o resto de uma lata de biscoitos e o beiju que havia. A Muda sempre me enxotava mas, naquele dia, quando vinha me maltratar, enxergava o chefe dos Anjos e se escondia envergonhada. Seu Francisco via tudo mas nem via direito, besta, envolvido com o que estava pensando. Só chamava os meus ouvidos, precisava de alguém que o escutasse. Com as unhas da mão direita acertava as cutículas das unhas da mão esquerda, e o contrário fazia, mas era somente essa a sua distração, vez em quando, pois até a chuva ele atraiu para nos concentrar com seus áporos na copa.

— Áporos são coisa do Diabo! – Gritei.

— Não, até Jesus teve problemas, a vida toda. Inclusive no Jardim das Oliveiras. Viveu atormentado por eles, dolorido

Eu, que não amo ninguém 105

deles, morreu crucificado neles. Tinha os irmãos em Canaã, os vendilhões, os conspiradores. Já o Diabo, não... O Diabo é quando a gente tem algum problema e a solução vem na cabeça, na ponta da língua, na noite de sono... E a solução se vai, esquecida. O Diabo é esquecimento. Não o esquecimento bom dos que se resignam, mas o esquecimento de quem erra o caminho da casa onde está hospedado, o esquecimento do dinheiro extraviado e da chave que ficou não se sabe onde. O próprio Diabo esqueceu o caminho do Céu já faz tempo... O Diabo é lapso... É como se eu lhe visse agora na minha frente e olhasse de novo e você sumisse. E eu olhasse de novo e você estivesse aí... O Diabo é uma contradição, algo que é e não. É a falta de ordem na natureza, falta de congruência. Por isso nós, por mais que tentemos, não nos lembramos onde deixamos a chave, pois o Diabo levou justamente o momento em que a perdemos. É a falta da graça, para não dizer aquela palavra que se deve evitar. Quanto ao áporo, existe sempre uma esperança de solução. É como um abismo que contemplamos. Mas ele não é enganação. Está lá, é real.

Não devo negar que me agradei dos tais áporos do patrão, que eram muitos e se espichavam, se dividiam, e se organizavam em três tipos, como três famílias na explicação que deu: o áporo da pimenta, o áporo do papa e o áporo da cebola. Francisco dos Anjos roubou o rumo da conversa, roubou a minha fala por um tempo e quase roubaria essa história que conto, não fosse ele tão preguiçoso para escrever. O patrão falava por mim, que estava ali empenhado, olhos e ouvidos atentos para os seus disparates. Como alguém pode tomar assim, totalmente, a frente do outro e roubar-lhe a voz e a memória de um instante? Assim, como segue agora, a voz é só ele argumentando:

— Hoje eu não posso nem sair, que o pé está inchado, nem cabe na bota. Já tem dias que eu boto emplastro e não resolve nada. Ferida feia, de topada na pedra. E parece que a pedra tinha bicho, que o bicho devia ser de porco, e o porco estava doente. E para que eu me cure, que o emplastro funcione, eu tenho que parar de comer pimenta, para desinchar, mas não sei se consigo. Gosto muito de pimenta... Se eu me respeitasse, nem chegava perto. Pimenta é a bimba do Diabo, aquele negócio torto, pendurado, de pele fina e vermelha... Parece uma língua, um chicote, uma chama. E arde nas mãos, na língua, nas vistas, como arde, só de ver já queima. Imagine alguém passando uma língua de fogo nos seus olhos ...

Certa vez eu trouxe de viagem uma concha do mar, concha grande, desses búzios que metemos na orelha e ouvimos os sons de longe, oceânicos, de reinos de grutas e almas que assoviam submarinas. Ainda no caminho de casa, pensei numa utilidade para aquilo e achei que devia tê-la sempre à mesa, à maneira de uma molheira decorativa, e então pedi a uma dona que ajudava aqui, para que ela me fizesse um molho de pimenta e pusesse na concha. A mulher esbravejou que não fazia... "As coisas do mar são de Iemanjá, não se tem em casa", disse. "Trazem atraso". Então eu mesmo criei coragem e fiz o molho. Eu, que nunca faço nada de cozinha, bati uma mistura de malaguetas e sal e alho socados na concha do mar, e acrescentei azeite e vinagre, mas só lavei as mãos uma vez.

Depois, fui cortar uns cocos e me melei todinho e enodoei a roupa de água de coco e fechei o poleiro que vi aberto de longe, e tirei a carne de carneiro que secava no arame, e

Eu, que não amo ninguém 107

botei de beber para as galinhas e assim achava que me limpava todinho, ali, trocando um lodo pelo outro. Mas, como a poeira destas manobras todas recaía sobre os olhos, tive a ideia de pegar uma bacia e enxaguar a vista com as mãos que já julgava frias. No que eu trouxe a água aos olhos, o mundo ardeu... Ardeu. Eu corri doido à cisterna, eterna escuridão, eterna dor, como um mar de pimenta vermelha que eu tivesse jogado nos olhos da Iemanjá. E eu era arrastado para me afogar no fundo do mar, sentindo o escuro do lugar mais abissal.

Sei que eu estava sozinho, com um balde cheio de água nas mãos, gritando e ninguém escutava, lavando os olhos e lavando, com medo de ficar cego, e cego eu já estava, com medo de não ter mais a vista cansada que já tinha na época, de não ter nenhuma vista. E a dor ficou a mesma até o destino conferir lá no seu livro e ver que o meu nome não constava entre os mutilados e ceguinhos, e o alívio chegar de uma vez só, para eu ser só o que era antes, sem cegueira nem nada a mais... Eu nunca mais pego uma concha para nada, menos ainda para socar pimenta, jurei.

Até devolvi a concha ao mar, noutra viagem que fiz quase que só para isso, mas de comer pimenta eu não deixei. É a pimenta que alerta a língua para sentir o gosto. Amo muito aquelas vermelhas e pequenininhas. A cumari, que parece uma bolinha, que o passarinho come, é a melhor de todas, só que mais difícil de encontrar. Com feijão, pingar o molho lambão com temperos no feijão e jogar a farinha por cima, uma simples névoa para enganar o ardor. No pirão de carneiro, pirão somente com pimenta. Peixe, antes sem talher do que sem arder.

Mas também sei que esses gostos fortes, esses temperos fortes maltratam o espírito. Quanto mais sal, quanto mais açúcar, mais cheiro e mais sabor, mais é necessário sabor no dia seguinte para sentir-se o paladar das coisas. E mais sabor e mais picante, e a boca já não sente, a pimenta não tem mais o que queimar, a língua fica sem gosto e o sujeito perde o desejo, maldiz a criação, reclama do tédio que padece. A pimenta e coisas assim criam esse homem cada vez mais guloso e pecador. E para curar-se um homem desses é preciso amarrá-lo a um desgosto muito grande até torná-lo santo, igual a um Jó chicoteado.

Mas aí também tem que ter cuidado, porque sofrimento é outra coisa que vicia, da mesma forma que a alegria, e os cristãos se perdem muito, escravos de uma coisa ou da outra. O viciado em sofrer é como um penitente que eu vi certa vez, subindo um morro onde ficava um cruzeiro, lá dentro do sertão. Era um morro árido quase de cascalho puro, a caatinga negra de estorricada. Tão alto que os soldados romanos desistiriam se tivessem que ir lá pegar Jesus. Havia cruzes na subida, cada uma do tamanho de um homem, representando uma estação do Calvário, e os devotos botavam pedras nos braços das cruzes, para marcar que tinham chegado ali. E mais na frente outra cruz, e lá tinham novamente chegado, e assim por diante.

Pois havia um penitente que subia e descia o morro tirando as pedras das cruzes e ensinando às pessoas que Jesus sofria mais, carregava mais dores, com as pedras sobre o madeiro. "Vocês estão matando Jesus", dizia o homem aos tabaréus. A esposa, que o acompanhava, fazia o mesmo e via Jesus bem perto, tropeçando na sua manta roxa da paixão

Eu, que não amo ninguém 109

com as costas dilaceradas. Mas os devotos não se corrigiam e o mau costume das pedras continuava, era a tradição. Em vão o esforço do penitente e da sua esposa, que não largavam aquela prática da limpeza, ambos vestidos sempre de preto. Esse tipo de sacrifício nem é sóbrio, vamos ser sinceros.

Já o povo em geral tem as dores que nós vemos nos dias de feira, crianças amarelas, jovens raquíticos e homens envelhecidos precocemente. As velhas passam fome e na Semana Santa até vestem a roupa roxa de luto, pedem a Deus que perdoem os seus pecados. Mas, que pecados?

(Naquela hora o patrão ficou ainda mais empolgado, atacava até a própria religião. A conversa estava interessante e eu comia um pedaço de mamão muito doce. O homem era mesmo doido, eu pensei, e tinha lá os seus motivos de ficar obcecado no terço, os namoros perdidos, a falta de uma família, que afligiria qualquer pessoa, o coração partido. Um coração com voz rouca.)

Que pecados tem o povo? Comer, quando tem. Beber cachaça, quando pode, e café, que é outra coisa de Satã, mas é só. Um pecado de um pobre, ele morto de medo e faminto, é como o erro de uma criança. O povo é uma criança, inocente mesmo quando deseja o mal. Mas eu não quero me perder, que estava falando da pimenta, e assim como a pimenta é o café. O café é a pior droga porque abre a porta para o tabaco, relaxa o pulmão para quem traga o fumo e tira o sono e faz o homem, de besta, acreditar que é inteligente. Depois de tomar café e fumar, o sujeito fica acordado, revigorado, e vem a vontade de falar e de beber cachaça, não sei o que é pior.

Mas, sim, outro tipo de cristão viciado é aquele que se aliena pela alegria, que passa o dia cantando para Jesus e vai para a igreja bater palmas e dar saracoteios, e cumprimenta todo mundo com abraços apertados. Tanto quanto os cristãos que sofrem, esses outros idolatram o sentimento seu, desse mundo, e mais querem deste sabor, e põem sua fé religiosa acima de Deus, e rezam para a sua religião, e não para Deus. E gozam de uma alegria que não foi de nenhum santo, de nenhum profeta, e querem mais alegria, como aqueles outros querem mais sofrimento, sempre em doses aumentadas. E ficam lá os cristãos sapateando sobre as marcas dos seus próprios passos, que não levam a lugar nenhum. O mesmo exagero da bebida, das delícias. Basta experimentar para saber como o exagero é doce.

Como o homem que bebe. Quando ele se senta à mesa não pode ver um copo vazio, que precisa encher, e não pode ver um copo cheio, que tem de esvaziar. O álcool é um bandido que foge para dentro dos homens. Há tempos que deixei de beber, e me doeu demais quando parei, mas quanto tempo perdi, por outro lado. E vivia iludido, bebendo escondido, pensando que era discreto, procurando os bares mais distantes. Agia como um alucinado, nem me dava conta de estar em lugares impróprios, altas horas, eu mesmo dando susto nas pessoas, incomodado e incomodando. Creio que uma das coisas que deve haver no inferno é a visão clara, como um filme, das bobagens que cada um fez quando estava fora de si. Veremos os momentos em que fomos errados e traiçoeiros e levianos, e nos assistiremos agindo como porcos nos momentos de embriaguez.

(Dali, ele voltou a soltar a língua ferina para o lado da Igreja. Não sabia nada de mais, mas comentou as mesmas

Eu, que não amo ninguém 111

queixas varejeiras que voavam nas roças mais distantes, moscas negras que saíam das sacristias pelas bocas das beatas.)

Soube de um padre que bebia pinga na xícara miúda de café, como se café fosse, enganando os fiéis à luz do dia. E soube de outros padres cachaceiros que construíram capelas, conspiraram na política, conseguiram pontes e colégios com deputados e organizaram corais e filarmônicas. A coisa mais divertida de muitas cidades é o padre, e Roma sabe de tudo o que acontece, está a descoberto, ao sol. Mas as coisas ficam do mesmo jeito porque o mundo é grande demais para o papa abraçá-lo.

O João XXIII, mesmo, chamou um concílio e o concílio virou pura polêmica, já dura três anos. Nem terminou, o papa morreu e nada se resolveu. Agora, veio outro pontífice cortar as asas dos mais exaltados, e vai negar a permissão de casamento que muitos padres querem. No final, só vai mudar a missa, que deixa de ser rezada em latim e passa para o português. E estão falando muito de política, mas de política sempre falaram, uma hora do lado dos capitalistas, outra hora do lado dos operários, ontem com Mussolini, amanhã sem Mussolini. Mas padre casar...

Mesmo tão velho, o João XXIII viu que esse mundo estava para virar um nó imenso, e ele abraçou o furacão. Procurou reis, embaixadores, comunistas, judeus e protestantes para conversar. Foi chamado de maçom, de judeu, de comunista e até de herege, mas era o Papa Bom, manso, da paz. Por isso tem tantos retratos dele nas paredes pelo mundo afora, até aqui nas casas do Penedo, aquele sorriso doce e bonachão, que nada exige. Nem o meu comportamento ele julgou, eu, que deixei a Igreja e só voltei lá no dia de sua morte.

Eu ouvi a notícia no rádio, me lembro bem, e nem dei importância, mas outras notícias se sucederam, e pronunciamentos, e a música triste. Alguma coisa mudou no dia da morte do papa, e eu sabia que muito tempo passaria sem que houvesse alívio. Aí, tive pena dos meus irmãos católicos, tão órfãos, e fui chorar com eles, sentado na última fila de bancos da catedral. Lembro-me de como me senti envolvido pelo silêncio em que lamentavam, as velas acesas durante o dia, no templo quase fechado, quase totalmente escuro. Ao mesmo tempo, eu não pertencia àquele lugar. Sabia que continuaria inconstante na Igreja, embora fazendo as minhas orações e andando reto com os meus propósitos, como até hoje, pagando o que devo. Porque sou desse jeito.

Eu, que não tenho parentes e nem amo ninguém, só vou às igrejas nos horários em que estão vazias, para rezar, enquanto espero a confissão. Eu, que sigo em todas as viagens solitariamente, que peço nos hotéis um quarto de casal somente para mim, que deixo pela metade os pratos cheios dos restaurantes. Tudo o que me trouxerem deve ser para uso de um homem só, como o sol é só, como a lua é só, como Deus é só também. Sim, porque Deus mora sozinho e ele deve saber como me sinto.

(Já passava das duas da tarde quando ele chegou nessa parte. A Muda havia recolhido as galinhas, tirando-as do sol forte que castigava o engenho. O almoço foi servido mais sem gosto e sem cor do que nunca, e rapidamente tirado para não estragar a conversa. Eu sentia certo enjoo dos desabafos do patrão mas, como ele já estava me ouvindo e considerava o que eu dizia, mesmo se fosse mentira, a situação acabava divertida. Além de tudo, ainda requentei o café que havia sobrado da manhã no bule. Francisco dos Anjos quase não tocou no prato que a Muda lhe trouxe.)

O açúcar mesmo é outro veneno, outro vício, e é o que eu fabrico. Ele ameaça o equilíbrio das pessoas. Aliás, a sabedoria e o temperamento das pessoas são como os grãozinhos do próprio açúcar. À primeira vista, parecem coisas sólidas, cristais de areia, pequenas pedras, mas basta o calor de uma ideia, de uma agitação qualquer, para se tornarem líquidas e maleáveis.

Eu penso que podemos modelar essa inteligência de caramelo e encontrar soluções para a humanidade, todos fervendo no mesmo tacho. Sou companheiro dos homens nisso somente. Nas horas de luta geral, comunitária, é que posso ter vizinhos, companheiros, compadres. Podem contar comigo para qualquer Babel. Podemos sempre recomeçar e tentar de novo, e um dia a torre não cai. Deus não há de ser contra.

Mas solidário somente para projetos avançados, se acontecerem. Porque, repito, nunca foi fácil admitir gente ao meu redor. E por coincidência não me restaram nem filhos nem parentes, nem eu me preocupo com primas grávidas, tios escandalosos ou cunhados endividados. Eu não, e para as coisas banais também não sou fiel. Sumo dos planos alheios quando desconfio que não têm futuro, como os cágados largam os tanques nas trovoadas. É preciso que me agarrem muito para eu agarrar também. Isso, porém, só aprendi com o tempo, que já fui muito dos outros.

Quando mais jovem, fui companheiro de comunistas por meses a fio. Até hoje tenho amigos entre eles. Fazíamos reuniões secretas em quintais escuros de Maceió e Palmeira dos Índios e Arapiraca para trocar mensagens e receber os jornais de estudantes e de operários. Muitas vezes ficávamos horas naquilo, com fome, aproveitando a energia que vinha somente de nossa sanha, dentro da madrugada. Não tínhamos um tostão sequer para comprar o pão duro dos armazéns noturnos.

(Mas quem mesmo estivera entre os comunistas, o homem do mato ou o homem das letras? Qual dos dois conversava comigo, ali, na copa? Os dois?)

Uma noite, estávamos em um grupo de cinco e tivemos de ir a pé de uma cidade a outra, a estrada deserta e sem céu, o dia quase amanhecia. Depois de um longo trecho queria parar para descansar, mas um dos parceiros sugeriu que eu dormisse caminhando mesmo, tudo ficaria bem. "Olhe para mim, eu já estou dormindo", disse ele, e continuou seu sono andando. Foi então que aprendi a dormir em pé, a pé, os ossos dançando dentro do cansaço, forçando o corpo. Seguimos por mais meia légua daquele jeito, sem nem esbarrar nos companheiros de viagem, e a vida entendeu que não tínhamos outro jeito. Só muito depois apareceu um caminhão que nos levou de graça até o destino e à aurora. Eu estava ali para tudo, e a vida nos provia o essencial.

(Como é sem gosto o pão alheio, já me disseram. Nem o doce tem sabor quando se tem de pagar por tudo ouvindo sermões e sandices. Certas hóstias são mais açucaradas, e mesmo assim fugimos da missa, ficamos no adro, distraindo, comprando pipoca na frente da igreja.)

Quando eu era mais jovem, tinha ideias mais gerais e liberais sobre a pobreza e sobre o convívio das pessoas. Agora eu desconfio que as pessoas, quando se juntam muitas, não se salvam. Será que estou errado?

Eu, que não amo ninguém 115

(Os áporos estavam danados como as moscas em cima dos farelos na mesa. Áporos pretos que zumbiam, não haveria veneno que desse conta deles. Reproduziam-se sem planos, zonzos, zunindo entre os homens também tontos, homens moles como açúcar no calor, caramelados, bananas podres soltando seu líquido dourado na mesa da copa, e as moscas voando nos nossos olhos.)

Certo dia eu e outros dois rapazes, dois irmãos também muito jovens, voltávamos do velório de um velho líder progressista, andávamos por uma picada no mato, quando percebemos que uma mulher nos acompanhava. Era uma figura magra, feia, mas de olhos muito vivos, vestida de preto, que não demorou a chegar-se a nós. "Diabo de enterro de comunista. Só aparecem pobres. Tanto que eu fiz e não me deram nada, só cebolas", ela reclamava.

Aquela fulana, que se chamava Almerinda, era carpideira, ganhava dinheiro chorando em enterros, e não se conformava, de verdade, que não tivessem lhe ajudado no funeral. Foi dali, de ouvi-la, que eu entendi aquele ofício absurdo, coisa que nunca tinha entrado na minha cabeça: como uma família podia pagar uma estranha para prantear os seus mortos? No entanto, enquanto caminhava conosco, a carpideira reclamava justamente de ter emprestado a sua dor sem receber nada em troca.

No velório, ela só tinha parado de chorar na hora em que fora servido o café, até berrava quando chegava uma nova visita. Para cada dor sua, lembrava também uma dor da viúva. Suas mãos cheias de calos, a viúva cheia de filhos, naturais e adotivos. Em sua própria casa, a fome, na da viúva, o desespero, como esse mundo é cruel. Além do mais, já tinha enterrado pai e mãe e um filho seu crescido até os quinze anos. Nascera para sofrer, abandonada, e vivia de esmolas. Disse também, junto ao caixão, que Deus existia e a morte pode ser alívio também, sempre chega a vez de cada um. Porém, nem todo aquele sentimento que possuía e que tinha dividido no velório fizera a viúva se comover. Nem mesmo os filhos do finado, nem os parentes mais moços, nem os de coração mais leve, que escutaram o seu langor, tampouco eles se doeram.

Aquela mulher tinha mesmo a voz da mortificação, e sobrevivia dela. E ria, andando conosco, dos nossos argumentos de jovens que desdenhavam do valor do dinheiro. Ela nos levou para a sua casa pequena de adobes ali perto e nos deu para tragar um cigarro muito fumacento. O sol já tinha se posto e ficamos lá dentro, a luz do candeeiro refletia nos fundos areados das caçarolas penduradas nas paredes, o fogão de lenha tinha brasas que estalavam e nós moços bebíamos a cachaça azeda da pobre mulher. Ela leu nossas sortes com cartas estranhíssimas e disse coisas que nunca aconteceram no futuro. Fazia calor, mas Almerinda nos serviu café quente e o calor passou.

Ali havia já uma insinuação de pecado. De repente, ela começou a falar em fome e a morder uma das cebolas que trouxera do velório. Mastigava com gosto, satisfazia-se com nosso horror àquela fruta comida assim, pura, e babava para nos assustar. Eu, que sempre gostei de me mostrar mais corajoso do que sou, levantei do banco tosco em que nos pregamos os três jovens, atravessei a pequena sala de chão batido, tomei a maçã branca do amor, mordi a cebola, beijei a dona, lambi os seus seios e tirei o decote para fora.

Eu, que não amo ninguém **117**

Como um vadio, ah, como um vadio, atirei-me sobre Almerinda na frente dos meus companheiros e nos devoramos, querendo arrancar as cascas de nossas roupas quase ficando nus, só as peles de baixo, como duas cebolas que se devorassem uma à outra. Dois vadios, bêbados com o fumo, a cachaça e os gases, se lambendo. Os meus colegas, enjoados daquela meleira, fugiram da casa indignados, batendo atrás de si a rota porta de madeiras quebradas, remendada com folhas de flandres.

Eu e Almerinda, que ficamos gargalhando, chamando os rapazes de almofadinhas, não entendemos que não nos queríamos, e que a cebola mordida pura nos enjoava mesmo. Por isso continuamos até o fim naquele agarramento sem gosto de nada, grosso, chorão. Não fomos felizes e, ao final de tudo, o pior, ficamos sóbrios e perdidos. Tanto que eu quis ir embora correndo, fugindo da carpideira, mas lhe deixei uns trocados do meu dinheiro de estudante. E descobri todas as verdades da minha vida, a partir daquele momento, saindo daquela casa e chegando aqui, agora, nesse dia, nesse lugar, nesse instante em que lhe falo.

Descobri que não quero a companhia dos janotas, dos almofadinhas. Todos eles, os moços direitos, leitores de jornais e revistas, entendidos de tudo. Também os seus filhos, os diretores de escola por nomeação, os donos de tabelionatos e cartórios herdados da família, os advogados de muitos nomes, os jornalistas modernos e os simpáticos em geral, principalmente os simpáticos que vão aumentando a arrogância e o desequilíbrio até andarem com revólver na cintura.

Todos ridículos, que se escoram nos sobrenomes e na carreira que herdaram. Gente que compra tudo e desperdiça, porque a única riqueza a que dá valor é ter a sua imagem sobrenadando a miséria. Esses estéreis endinheirados são terrivelmente maçantes e mais maçantes ficam quando tentam inventar alguma novidade.

(Vislumbrei o chefe órfão que cresceu pobre, com o coração endurecido de raiva, mas talvez fosse tudo mentira, pura impressão minha.)

Descobri que as soluções políticas são muito simples. Veja os trabalhadores nos círculos operários. O que esperam os trabalhadores? Eles só querem as coisas nos mesmos lugares, viver sem sobressaltos, com direitos e garantias. Querem o que é prometido a todos mas que jamais será entregue: tradição, família e alguma propriedade, por menor que seja.

Já os poderosos, que possuem todas essas coisas, querem ainda o doce mais doce que há, o sangue dos outros, a carne dos outros, o óleo do olho alheio. Tomam todas as águas, dividem todas as terras, cortam as madeiras, cercam as praias, engarrafam o ar, queimam todo o gás de debaixo do solo. Mas, principalmente, constroem grandes tubulações para levar distante a voz que lhes elogia. Dentro da mata é possível ouvir um rádio gritando: "Não se pode viver sem um cabresto". E as pessoas que acreditam no rádio se julgam mais inteligentes.

Olhe, já está quase anoitecendo e eu não comi nada, enquanto você devorou tudo o que viu pela frente. Daqui a pouco, vai se arrastar para o seu quartinho cheio de feitiços e lembrar do quanto me deve, do privilégio de estar aqui, aprendendo tanta coisa de uma vez, sem pagar nada, quando precisaria trabalhar e demonstrar gratidão. Eu nem vou lhe dar outra oportunidade dessas, ficar o dia inteiro conversando...

Eu, que não amo ninguém 119

(Sonolento que eu estava, mal ouvi o que o patrão falou antes de sair, ao pôr do sol, e adormeci ali mesmo, no banco duro de madeira da copa. Tive um pesadelo no qual vi letras e números escorrendo do meu ouvido e acordei bem mais tarde, com o barulho dos bichos da noite, grilos e sapos, a cabeça pesada, como se tivesse bebido. Estava mesmo cheio de tanto que comi no curso da conversa, ainda com os ápo-ros me embriagando. Fui ao mato, urinei e segui para o meu quarto, com uma coberta de lã grossa que peguei no varal, no caminho. Antes de cair no sono novamente, divaguei com a imagem de um papa rindo, pensando que os papas só servem para rir, se riem, quando riem. Como tinha perdido as con-clusões do discurso daquele dia, inventei, antes de dormir novamente, o que o chefe diria para finalizar.)

A realidade é uma idolatria para os homens longe de Deus, e a crença em Deus é também uma idolatria. Então, eu, longe das pessoas e das suas instituições, eu, que não amo ninguém, amo verdadeiramente, creio verdadeiramente. Eu, monossílabo como Deus, trago o mundo todo em mim.

Fim do mundo

Uma vez o sol e o vento apostaram qual dos dois poderia tirar o casaco de um peregrino que subia uma ladeira. Eles combinaram qualquer prêmio na aposta e ficaram na rinha, cada um num turno diferente, nos seus esforços possíveis. O vento soprou e soprava mais do que o lobo mau da história, mas nem adiantou pôr força, tentar arrancar o casaco na ventania. Quanto mais ventava, mais o homem puxava para si o pano. Já o sol, na sua vez, aumentou os graus de quentura e isso lhe bastou. O peregrino, suando em bicas, ainda mais que subia uma ladeira, logo tirou a roupa excessiva.

E ainda havia um desenho. O patrão lembrou essa firula. A história toda foi ele quem contou. Quando o patrão era pequeno, vinha a sua mãe com um velho livro de fábulas e ele pedia para ouvir de novo: "Conte a história do sol e do vento". O livro se abria naquela página que tinha, estampado, o desenho do peregrino. O vento era figurado como uma nuvem que soprava, o rosto com duas bochechas inchadas e fios longos saindo da sua boca como ondas. O sol, preguiçoso, apenas ria, círculo e raios, boca e olhos.

O menino Francisco dos Anjos, quando se deparou com tudo aquilo pela primeira vez, fez uma escolha que o deixou preso a vida toda àquela imagem. Ele tomou o partido do

Eu, que não amo ninguém **121**

vento. Desde o princípio, esperava ver a história terminar de outro jeito: "Conte a história do sol e do vento". Acreditava que a mãe tivesse outro final, ou que ele mesmo acharia solução para aquele impasse. Esperou por muito tempo e tinha até certa mágoa de haver perdido a aposta. Assim seguia vida afora: descria no que as pessoas chamam de consequências naturais, como o casaco tirado no calor do sol e a mulher que vai embora por não nos amar. Para tudo a inteligência e a paciência proveem soluções, ele acreditava. Tudo elas mordiam, e seguravam nos dentes e levavam ladeira acima.

Ele era o vento. Eu também penso que o vento deveria ganhar, o vento é mais esforçado. Mas eu prefiro ser o homem. O homem toca a vida e ganha sempre, dos dois lados.

O patrão se escondia dentro do seu pequeno Engenho Novo, longe dos homens, convencido da sua insignificância perante os grandes do Penedo. E se assustava com os donos das usinas que passavam a comprar quase toda a sua produção pelo preço que queriam, e que, se não o deixavam totalmente pobre, afundavam-no em resignação. Ele, que tanto lutava para arrancar aguardente e rapadura das poucas terras que possuía, que assustava os empregados com sua fúria, espremendo os seus rostos redondos, seus olhos molhados, ele perdia todo o doce do mundo. Aquela vontade inicial de crescer, de opinar na política, as mulheres conquistadas nas famílias pobres de Piranhas, de Arapiraca e até de Salgueiro, tudo se esvaía. E as desilusões foram tomando lugar e corroendo o seu espírito a ponto de deixá-lo derrotado, seco por dentro, um fantasma de carne.

Ele já nem se arriscava mais na direção de mulher alguma, apenas se recordava delas, revirando os olhos desapontados no rosto apagado e mudo. Eu senti que não confiara no feitiço, talvez o houvesse jogado fora, não por ter percebido o meu engodo, mas por falta de fé, simplesmente. Não se comportava como um homem que espera alguma coisa, que investiu em algo, e parecia envolvido de neblina ou de fumaça, cinzento. Quando me via, era como se avistasse um desgosto ou arrependimento, ou o próprio Diabo.

Nada de novo aconteceria no engenho se dependesse dele. Ficávamos escondidos atrás das rotinas, a maré baixa, a lua minguante, caminhando para silêncios. Mas houve um dia em que o vento nos tirou o casaco.

A novidade apareceu na forma de um mensageiro nanico, de bigodinho, que veio à nossa porta querendo matar a sede. Um baixinho careca qualquer, vestindo um paletó mole de linho no calor escaldante, que, mesmo com a pouca altura, alterou a luz e a sombra sobre as coisas. Surgiu numa manhã depauperada, a terra estava como carne de sol, esticada e seca. O sol mesmo, enquanto não se metia a pino, varava as janelas, as frestas, os vãos, os olhos e os ouvidos, disputando com os mosquitos os pedaços da nossa paciência.

Baeta, assim se chamava o baixinho, chegou ofegante na porteira e nos encontrou. Eu, o patrão e mais dois empregados cavávamos buracos para fincar estacas. Ele nos cumprimentou e pediu água, que lhe demos de uma moringa que estava guardada em lugar fresco. Depois, tentou nos vender

Eu, que não amo ninguém 123

um pedaço de toucinho que trazia enrolado num papel velho, um pacote porco carregado embaixo do braço.

Baeta era mesmo um homem repugnante. Tanto que, quando ele me perguntou pelo patrão, na frente dos outros eu disse que o patrão não estava. Como insistia em ir até o casarão do engenho, argumentando sem parar com sua voz chorosa, acabei falando que o chefe era eu, e que estava assoberbado naquela hora. Francisco dos Anjos, o meu empregado sem jeito e vagaroso na reação, me deixou conduzir a conversa.

— É porque eu vim lhe convidar o senhor para assistir, na noite de sábado, à demonstração do meu diretor comercial no cinema São Francisco. Trata-se de negociante muito especial de coisas especiais. Tem artigos como a geladeira a gás de bujão, a vitrola que funciona com energia de bateria de carro, o projetor de imagens para igrejas e livros diversos para toda a família, como as Receitas de Dona Benta e um compêndio das plantas que curam. Também tem a enciclopédia da mulher moderna, com as obrigações das casadas num volume em separado, para que fique escondido das moças. Aparte da demonstração, numa situação mais reservada, poderão ser adquiridos pelos cavalheiros os livros de Bocage e as revistas de artistas nuas, além de bebidas e charutos de especialíssimos sabores que envolvemos em embrulhos muito discretos, como se fossem imagens de santos.

O propagandista, nisso ele funcionava muito bem, deitou toda essa fala decorada de uma só vez, como se convidasse para dançar. Ainda prometeu o fim do mundo, pois, nas horas derradeiras da tal demonstração, um filme apresentaria cenas de guerras, terremotos e coisas que já manifestavam a chegada do apocalipse.

— E não é pecado essas coisas todas? – Perguntou um dos peões do Engenho, quebrando a disciplina que eu tinha imposto. Pronto, a conversa já se prolongava e me deixava refém e desconfortável.

— Pecado é parar o trabalho para aumentar histórias sem pé nem cabeça — disse, tentando cortar aquele desfrute. — Veja que a propaganda é só ilusão, e vivemos uma vida boa na humildade, temos tudo aqui. Se o senhor dispor de esmeril para as nossas foices...

— Me chamo Baeta, senhor!

— Se o senhor tiver esmeril, ou pedras-pomes, ou leite de magnésia e cânfora... Mas, veja, até o fim do mundo anuncia...

— É, o fim do mundo já é demais — emendou outro peão, o Francisco dos Anjos.

— Pois aqui está uma amostra — respondeu rápido o Baeta, sacando do bolso vários monóculos de plástico e passando-os aos meus empregados.

O Francisco foi o primeiro a mirar nas lentes daqueles frascos coloridos e botar-se do lado do visitante. Ele demorou-se muito tempo apontando um dos brinquedos contra o sol e falando que via cores fabulosas em torno de uma imagem da Virgem. O propagandista examinava os outros monóculos e os entregava, anunciando os desenhos que cada um continha. Havia imagens de um planeta cercado de anéis, de uma criança dentro da barriga da mãe, do sol e de um astro orbitando-o, de São Miguel pisando Satanás e até de uma besta que era metade homem, metade cavalo. Eu, que já conhecia aquelas joças e não podia perder a minha autoridade,

Eu, que não amo ninguém 125

nem toquei nas peças, e fui secando o leito da conversa. O Baeta, não tendo como navegar para o meu lado, se despediu e foi procurar outras águas, em outras paragens. Retomamos o trabalho, eu por primeiro a levantar a estaca, encerrando o meu governo de chefe.

Pois não é que no sábado o patrão me arrastou para o Penedo, já de tarde, a fim de nos meter na tal demonstração do vendedor? Fomos na Rural do engenho e ele levou um bom dinheiro para comprar bastante felicidade. Francisco quem dirigia, vestido com o melhor dos seus ternos, branco, e eu o segui também de branco, o empregado mais viajado.

O chefe estava ansioso. Assim que chegamos à cidade estacionamos o carro numa rua deserta e fomos falar com o dono do cinema, para comprar ingressos antecipados. O homem nos informou que a entrada seria gratuita e que o programa começaria bem mais tarde, pelas nove horas da noite, quando as pessoas já tivessem digerido os seus jantares. O patrão dos Anjos então inventou de dar um passeio e me fez andar para cima e para baixo, procurando nem ele sabia o quê, qualquer distração ou cansaço.

Subimos uma ladeira enorme e paramos num mirante chamado Canto do Lenço, perto da igreja do Rosário dos Homens Pretos, para ver a última curva do Rio São Francisco e as casas das margens lá embaixo, adornadas com bandeirolas de alguma festa. O prédio de uma fábrica reluzia os derradeiros reflexos do poente. Dali seguimos para a feira, onde ficamos observando uma velha ensinar para duas moças sobre os pontos de renda e os bordados que vendia. Vejam o que é ter tempo, nós dois, marmanjos sem nenhum talento, pondo atenção na cambraia de linho, que é a mesma panamá, na rendendê, que é a mesma renda de dedo, e no ponto de marca, que vem a ser o de cruz.

Ouvindo daquelas artes, eu quase ia adormecendo com o calor do Penedo nas minhas ideias, e com a moleza que também vinha de um cigarro e de uma cachaça azuladinha do Coruripe, que bebia num copo de retalho. De repente, veio uma chuva inesperada para a surpresa de todos, e o povo correu para se abrigar e se espremer debaixo das barracas. As moças da renda do Penedo não tiveram a mesma sorte e ficaram encharcadas, mas também não se afastaram da velha que lhes ensinava. Foi só então que entendi porque o patrão olhava com tanto interesse para aquela trama.

As roupas brancas das moças, uma vez ensopadas, colavam-lhes nos corpos e revelavam os volumes e as formas dos seios, destacavam a maciez de cada colo e as coxas fartas, e ajustavam a cintura e os redondos todos. As transparências e as formações abaixo da cintura geravam muita renda à medida que as águas inundavam as saias. Era um só dengo aquela idosa cercada de tantas tessituras de pipocas, aranhas, cocadas, olhinhos de pombo, pernas esquecidas, dentes-de-jegues, jasmins e vassourinhas. Cada um daqueles pontos de renda tinha um arremate diferenciado.

A chuva acabou e eu já me sentia patrão de novo, mas mal pude pensar em avançar na direção daquele ninho de maravilhas, peão sem dinheiro nem autoridade verdadeira. Antes, o chefe dos Anjos me segurou pelo ombro e me puxou para o seu compromisso no cinema. Deixamos as moças, que estouravam em gargalhadas, aproveitando os últimos calores do dia, e fomos encontrar uma sala vazia, o faxineiro ainda terminando a limpeza, para esperar até bem mais tarde, marcando lugares como dois caipiras.

O palco parecia o picadeiro de um circo pobre, com uma arrumação simples, cortinas de veludo vinho e uma iluminação muito precária. Cancão de Fogo, o comerciante que ia trazer todas as novidades da noite, entrou vestido num terno azulão brilhante e usando um turbante branco, e encontrou grande plateia. O sujeito não passava de um amarelo magro, acompanhado de uma loira já madura e maquiada, e tinha a lábia de doze apóstolos, de sete anões e de quarenta ladrões, todos juntos.

Para provar que era vagabundo de boa marca, o Cancão apresentou aqueles truques de pedir relógio do público, quebrá-lo dentro de um lenço e então resgatá-lo inteiro dentro de uma valise, de fazer aparecer ovo em bolsa de mulher da plateia, de adivinhar cartas tiradas por voluntários e hipnotizar os bobos. Num comentário ao microfone, lastimou o represamento do rio São Francisco em Paulo Afonso, que já não se podia navegá-lo em longo curso, embora a barragem, nas palavras dele, evitasse enchentes como a de 1960 e levasse luz às cidades. Enfim, ficou dos dois lados da polêmica, macaqueou com a ilusão e com a verdade, até que todos ali viraram seus simpatizantes, inclusive eu.

O mágico, ou o que diabo fosse, sequer mostrou as tais imagens do fim do mundo, coisa de que ninguém sentiu falta, mas projetou numa tela slides de homens e mulheres elegantes fumando e dirigindo grandes carros, e de famílias bonitas, com crianças e vovós alegres, tudo o que estava à disposição no seu catálogo. Ao mesmo tempo, falava ao microfone sobre a importância dos laços afetivos, e de como os presentes podiam reforçar os vínculos, renovando as relações.

Dando sequência ao seu apocalipse de prosperidades, o vendedor colocou para tocar uma música orquestrada que combinou muito bem com as expectativas do público. O deslumbre estava estampado nos olhos das mulheres, todas elas vestidas de cetins e tafetás, adornadas com colares de pérolas ou tiaras, além de outras joias, e com os cabelos armados em grandes penteados. Os homens, que não paravam de fumar, também riam de qualquer coisa. Por fim, na fila que se formou para a compra dos produtos, lá foi o Francisco dos Anjos adquirir a tal vitrola movida a energia de bateria de carro, uma coleção de discos de Luiz Gonzaga e dois pacotes de cigarros, sendo que um deles me foi dado de presente, para que a minha alma se perdesse no juízo final.

E como as compras eram muito caras, os ilustres da cidade ainda se permitiram gastar mais dinheiro somente para se gabar, no baile que houve em seguida, no Country Clube do Penedo. O patrão, quase uma arraia-miúda no meio de tantos peixões, também aderiu à festa, e me levou com ele, mas ficamos alijados da alta sociedade. Sorte que a certa altura a conversa num grupo próximo degenerou para a política, com o prefeito falando alto e abrindo a roda para quem quisesse se chegar. Naquela situação eu era pobre mas podia posar de estrangeiro, e acabei salvando Francisco dos Anjos, o meu chefe embriagado, de ser logrado no mais descarado conto do vigário.

Eu, que não amo ninguém 129

Aconteceu que no meio da exibição do prefeito o Cancão de Fogo se aproximou cheio de manhas e agiu como um parlamentar. Com uma astúcia muito fina, jurou ter se apaixonado pela cidade e prometeu ajudar os penedenses a resolverem o seu maior problema. Qual era o maior problema do Penedo? Os lobisomens, meus caros amigos. O povo confirmou que realmente havia notícias de lobisomens vagando nos bairros do Cajueiro Grande, do Barro Duro, do Camartelo e do Outeiro, e tantos eram os lugares que não se cria haver uma assombração apenas.

— E sabe por que esses bichões vingam por aí? Sabem, meus senhores? Porque o ser humano apodrece cada vez mais na sua moral, se comportando sem regras, na luxúria. Eu vou contar a história de como nasce um lobisomem. Uma mulher tem seis filhos homens. Então ela vive cercada de machos, o marido e as crianças. E as crianças vão crescendo e começam a exalar aquele cheiro de masculino até a mulher enlouquecer com o filho mais velho, ele já feito de corpo. A mãe agarra esse filho e engravida, e diz ao marido que terá outra criança. Outra criança, o sétimo filho macho, este sim o lobisomem. E o Penedo, como todas as cidades da modernidade, está cheio de lobisomens do pecado. Agora, com uma oração muito forte e uma mistura de ervas caras, que eu trouxe diretamente do Egito e guardo numa caixa de prata, para tudo há jeito, menos para a morte. A solução eu tenho, eu que sou o Cancão.

E sua secretária começou a correr o chapéu. Os presentes davam notas de dez, notas de cinco, para o método de secar os lobisomens de uma vez por todas. Alguns levavam a coisa na base da chacota e contribuíam pouco, só para estimular os outros a se afundarem, mas não deixavam de gastar. Como o patrão ainda tinha muito dinheiro na carteira e a empolgação da bebida, lá ia ele sacando as folhas mais gordas quando eu segurei o seu braço.

— Venha cá, seu Cancão, um ofício de Nossa Senhora não resolve o caso, não?

Quando eu disse isso, um dos penedenses pareceu acordar da bebedeira e assentiu, falando que o povo da cidade tinha muita fé. O patrão também demonstrou ter caído em si, devoto que era.

— Eu também trabalho com a fé dos senhores, minha gente – disse o Cancão. – Na verdade, já consegui os recursos de que precisava, e vou me retirar da festa para cumprir o prometido. Podem deixar que não descansarei enquanto os meus amigos do Penedo tiverem alguma necessidade. De hoje em diante, vocês têm dois guardiões neste mundo, o prefeito e este que vos fala. Agora, antes que eu possa dar um jeito nos lobisomens, sabe onde vai aparecer um deles ainda hoje?

Ele tirou do bolso uma caneta, segurou-a pela ponta, balançou-a sem nenhum resultado visível e de repente a apontou para a frente.

— É ali, justamente para aqueles lados.

Não é que o descarado mirou justamente a direção para onde eu e o patrão tínhamos que seguir? Pura manha, eu pensei, imaginando que o Baeta tinha lhe falado da nossa origem, mas fiquei calado. Com pouco tempo o amarelo se despediu, acho que ofendido, deu as costas e se foi, e logo a festa esvaziou. Também havia chegado a hora de o povo do Engenho Novo tomar a estrada, a vitrola de bateria dentro da Rural, a caminho de casa.

Eu, que não amo ninguém 131

Mas bêbado não tem dono mesmo. Como o patrão ainda estava fascinado com as novidades do Cancão e da festa, e embriagado demais para dirigir, paramos na única barraca da feira que ainda estava aberta para que uma velha esquentasse mingau e café que pudessem lhe recompor. Era uma dona de conversa farta.

— Essa história de lobisomem é safadeza mesmo. São os moços que arrumam molecagens para namorar escondido. Eles vêm aqui, bebem a minha cachaça e me confessam isso tudo — ela disse.

A velha contou casos e casos do Penedo e de outras cidades, e as suas lembranças eram tão interessantes que o efeito da bebedeira foi cessando no patrão. Ela falou de um barbeiro que morreu preso em seu próprio quarto, cercado de dezenas de gaiolas de passarinhos, e os bichos trinavam noite e dia, e acabaram também morrendo por falta de comida. Falou de outro homem que subia as ladeiras de costas para fazer o tempo correr ao contrário e enganar a morte. Outro seu conhecido fazia remédios maravilhosos com a gordura e as penas dos urubus e adorava comer saúvas fritas na gordura.

— E mora onde, a senhora?

— Moro longe, depois do Outeiro.

— Mas vai dormir aqui?

— Eu fico até de manhã. Se eu achasse como, fechava agora, pegava as minhas coisas e ia para casa.

— Nós podemos deixar a senhora em casa, é nosso caminho. Mas tem que ser agora, estamos com muita pressa. — Era o patrão falando. Eu não disse que bêbado não tem dono?

Sentamos os três no banco da frente da Rural, o patrão sempre ao volante, a velha no meio e eu na ponta. E nos meus pés, roendo os meus pés com seus dentes enormes, uma grande jaca que a feirante resolveu levar para casa e que, segundo ela, não podia ir com o resto da bagagem no fundo do carro, para não partir com os tombos na estrada. A mulher tinha tal dengo por aquele bicho, e o patrão ficou com medo de avariar a sua vitrola nova, que adotamos a jaca entre os humanos, embora ela não soubesse se comportar. Como eu tinha tirado os meus sapatos apertados, aquela criatura gorda e espinhenta, deitada no chão, aproveitava para me arranhar com suas milhares de unhas.

A jaca tinha o seu próprio latido, ou mugido. De qualquer forma, produzia o seu próprio ruído raivoso, ralando no assoalho e babando a minha calça com a sua gosma, que me repugnava mais que vômito. A velha, que já se chamava dona Jacinta, a certa altura falou mais alto do que aquela fera.

— Eu já sou viúva há quase dois anos, sabe, seu Francisco? Vamos conversar, que eu tenho medo do senhor dormir no volante. Tenho medo de andar de carro à noite, o motorista pega no sono.

— Mas o meu sono não pega assim não, dona — respondeu o patrão, e os dois começaram uma conversa da qual eu não pude ouvir tudo, mas que embalava aquela hora e aquela situação sem sentido.

A mulher indagava sobre a família do seu motorista e ouvia respostas pequenas como sim e não, e o patrão também lhe fazia perguntas. Dona Jacinta tinha quase setenta anos. Quando casou, estava nos quinze anos e o marido contava quarenta e dois. A diferença de idade, disse a velha, e o patrão

Eu, que não amo ninguém 133

concordou, tinha se voltado ao seu favor, pois, quando era ainda uma menina, um homem maduro lhe aparecera e ela nunca teve enganos do amor. Enquanto outras se perderam em festas e vaidades, ela criou os filhos.

— Casou tão nova e nunca perdeu bebês?

— Tive duas perdas, sim senhor, e me doeram muito, mas o resto cresceu forte. Foram sete filhos homens, sete bênçãos, estão todos criados.

— Sete homens e nenhuma mulher? Perguntou o patrão, já com os caninos molhados, desejando as fêmeas.

— Sete homens que Deus mandou.

— Mas a senhora mora sozinha hoje? – Fui eu que perguntei, já intrigado.

A velha respondeu qualquer coisa que não pude ouvir, primeiro porque a estrada esburacada fazia o carro agitar-se quase se desmantelando, segundo porque a jaca quase quebrou a minha perna, aborrecida com a intromissão. Na posição incômoda em que eu viajava, só atinei quando a Rural dobrou por um caminho estreito, andou mais um pouco e foi parar numa casa de adobes isolada num baixio de mato.

— Com quem a senhora mora aí, dona? – perguntei, enquanto ajudava a feirante a descer do carro.

— Com meu filho mais novo, somente. É o caçula dos homens, o Getúlio. Mas ele tá preso, o senhor não se preocupe não.

Não gostei nada da resposta, mas também não tive ação para continuar a conversa e comecei a baixar os cacarecos que a feirante levara no carro. Logo que entramos na casa, no entanto, relembrei as previsões para aquela noite, fiz as minhas contas e me arrepiei com o medo de lobisomem. Todo barulho era de lobisomem. O fósforo acendendo o candeeiro era um lobisomem, a chama do candeeiro era um lobisomem e a rede estendida na sala, tudo me intimidava. O saco trazido da feira, quando a velha o arrastava no chão, era um lobisomem rugindo. A jaca era o lobo mais feroz.

Mas, pior ainda, um lobisomem que estava preso num quarto, a porta trancada com corrente e cadeado, despertou com a nossa chegada e tentava arrebentar a passagem, urrando. O patrão, que abriu bastante os seus olhos e também estava assustado com os berros do bicho, ficou imóvel. No meio de tanto absurdo nos demos conta de um absurdo maior, que havia dezenas de jabutis vagando pela sala, aos nossos pés, e tínhamos que ter cuidado para não pisá-los. A velha, candeeiro na mão, só deu uma explicação, enquanto tirava uma penca de chaves de um bolso da saia.

— O bicho que anda devagar fica mais gostoso, é bom para a gente comer.

A gente só morre quando Deus quer. Pois não é que a tal feirante, diante do nosso abandono de forças, abriu a porta do quarto interditado e tirou de lá um homem choroso, o seu filho caçula, doente mental, que desabou sobre ela, todo suado e sujo de comida?

O patrão logo avançou sua sombra sobre a minha paralisia e tomou da velha o candeeiro, colocando-o no alto de uma parede.

— Mas a senhora deixa esse rapaz trancado na chave o dia todo, dona Jacinta?

Eu, que não amo ninguém 135

— É o jeito que eu tenho, seu Francisco. Meus outros filhos já têm tudo compromisso com as famílias deles, moram nuns arruados distantes, estão na cana...

— E esses jabutis?

— Tem muito tempo que eu crio esses bichos, é mais fácil que cuidar de galinha. Cágado é animal silencioso, mas mesmo eles assim, calados, se ficar no quintal o povo rouba, não tem jeito.

Aquela situação era de cortar o coração, e demoramos um tempo parados até o tal Getúlio se acalmar no colo da mãe. Depois pegamos água no quintal e ajudamos a dar banho no rapaz. Para completar a missão, o patrão ainda puxou uma oração de Pai Nosso quando a madrugada já ia alta e comprou dois jabutis grandes, que a velha lhe vendeu com desconto. A mulher ficou tão agradecida dos favores que nos deu de presente a jaca, aquela que me odiava.

No caminho de volta para o engenho, o sol de domingo já despontava. Os dois jabutis e a jaca viajavam aos meus pés, de novo, porque eu também era mercadoria barata, que podia ser arranhada. Os jabutis estavam quietos, sonolentos, sem saber do seu futuro num guisado. A jaca, coisa que eu não como por impedimento do meu santo, parecia comportada como aquela lua que fica embaixo de Nossa Senhora da Conceição. Mas eu olhava para ela, desconfiado de um bote seu, e ela, mesmo quieta, não tirou o olho de cima de mim a viagem inteira.

O fio de Deus

Noite dessas, a minha Rosa estava fora, visitando os pais, e eu sonhei que despencava do céu, e no meio da queda fiquei paralisado no ar. No sonho eu me perguntava, e eu mesmo me respondia:

— Quem sustenta João de Isidoro?

— É Deus. É Deus!

E foi só isso o sonho inteiro. Depois, desperto, sentado na cama, eu pensava que há mesmo somente um fio que Deus sustém, atravessando nosso corpo da cabeça aos pés. Nesse fio também estão pendurados as nossas roupas, os nossos móveis, os nossos cães e bicicletas, nossos amores, tudo o que entendemos de valor, que no fundo são tão importantes quanto desimportantes. Se o fio é cortado, tudo se dispersa.

Eu divagava na cama, no calor que fazia. A morte podia vir a qualquer momento e me pegar em cima do colchão. Às vezes, no entanto, a morte só passa para visitar, preparar, amaciar os medrosos, sem acidente ou doença. Ela só dá o seu nome e espalha seu cheiro, que exala mesmo quando está fora do cio. Quando quer mesmo ficar, ela entra pelo coração, cresce e devora o corpo.

Eu, que não amo ninguém 137

No entanto, a brincadeira que a morte fez com o Francisco dos Anjos, nos últimos meses em que morei no Penedo, foi quase o fim daquele homem. Mais do que os momentos de inquietação de que já falei, a fase complicada começou depois de outra viagem que ele fez sozinho, mas para Pernambuco, para sepultar um amigo dos tempos de juventude, na cidade de Palmares.

O dono do Engenho Novo, mesmo sendo homem de poucas companhias, sabia considerar algumas pessoas que o tinham inspirado. Gente como o fazendeiro Eugênio Lins, que ainda preservava alguns ideais da mocidade e compartilhava uma pequena área de sua propriedade com camponeses vizinhos, parte para horta, parte para pastoreio. Era o que eles mesmo chamavam de fundos de pasto. Pode soar estranho que um fazendeiro aceitasse esse tipo de pacto, mas aqueles eram tempos muito incomuns, de ideologias misturadas e de novas experiências. Até a Igreja, com medo do avanço dos comunistas, parecia se apropriar de algum preceito comunista.

Aconteceu de aquele tal Eugênio cair gravemente doente e de o patrão chegar a Palmares a tempo de ver o seu último dia, o falecimento e o velório concorrido. Tudo muito doído. A imagem do corpo paralisado ficou gravada na memória do chefe dos Anjos. O sentimento de horror foi ao mesmo tempo profundo e envolvente, como só a morte sabe ser tão líquida. Francisco do Penedo voltou para casa tão transtornado que todo o engenho pareceu se comover, até as árvores, até a mais rasteira erva.

Mesmo com aquele peso a vida foi seguindo, no costume que ela tem. O tempo desfez as piores daquelas nuvens assombradas e já não aguardávamos mais acontecimentos bizarros, mas o chefe da casa continuou pálido e acabadiço, vagando pelos cômodos, pela varanda e pelo quintal como uma folha seca que o tempo, ele também com muita preguiça, empurrava.

Ainda teve forças, porém, o Francisco dos Anjos, para me ditar outra carta, amarga, como os olhos que usava então:

"Minha doce, doce Julieta,

Penso mais no mundo do que em ti. O mundo ainda vem pelo rádio, teu nome some cada vez mais longe. E o mundo, enorme que é, eu nunca vou perdê-lo.

Lembro-me do dia em que me chamaste por um nome estranho, nome de homem, à noite, na cama. Eu silenciei e continuei no que fazíamos. Fingi não me importar, mas dali em diante a tua fala era tensa e levantava suspeitas sobre as minhas ausências. "Aonde vais, com quem estás, Francisco dos Anjos? Sei que tens outra mulher", dizias, me chamando de mentiroso, duvidando sempre. As donas que tu inventavas me roubavam de ti, e te roubavam para outro mundo.

Mas eu iria mesmo te perder. Uma noite, tu falaste do nojo, beijar a minha boca infiel, visitadora de outras, jamais. Eu fui dormir e tu foste embora. Tive pena de nós na hora em que acordei, hoje não lamento mais nada. Para que sofrer?

No tempo em que estávamos juntos, eu ainda tentava me inteirar com os homens, e ia a reuniões enfadonhas onde três ou quatro velhos se encontravam para falar das guerras e das eleições, da história que passava distante.

Naquelas reuniões aprendi que o mundo é dos mansos, que só os mansos sobrevivem para contar os fatos. Os mansos querem muito pouco, roupas de pano ruim e comida e o mesmo para os

Eu, que não amo ninguém 139

seus filhos. Os mansos são capazes de sustentar uma ditadura só pelo temor de que venha outra ditadura ainda maior, um inimigo externo, um sistema sem Deus que lhes roube sua pouca colheita. No fundo, só desejam que os governos os deixem em paz.

Eu pensava muito nessas coisas, e talvez devesse ter me dedicado a minha própria casa. No entanto, me entreguei ao mundo e agora é tarde. Agora tenho todos os países e todos os soldados, mas a terra está deserta e congelada por um hálito frio que vem do lugar mais gelado que há, o meu coração.

Lembro que tu riscavas de caneta os decotes das mulheres nas revistas. Tu arrancavas as páginas que tinham donas só de biquíni, as atrizes estrangeiras que visitavam o Brasil e passeavam seminuas em Copacabana. Lembro que eu fiquei sem um mês da folhinha da Toyota porque ali, na página do calendário, a japonesa era a mais bela do ano.

Logo eu que, no fundo, queria obedecer cegamente ao governo da minha mulher, como um relógio perfeito de dedicação e vigilância. Mas o nosso amor morreu porque eu não soube arder em ciúmes, guardar as tuas costas. Porque eu, tão inerte soldado, nem soldado fui. Nem fingi acreditar na tua traição, que não houve de fato, tenho certeza, para dominá-la e ser ainda mais dominado. Não fiz do nosso amor um país cheio de indústrias, bélico e protegido, e em plena marcha.

E agora te falo de política, para lembrar a nossa fartura, a nossa fome e o desperdício que tivemos. É somente assim que a política sabe falar da dor das pessoas, usando números e imagens mais exagerados ainda.

Outra coisa que aprendi com a política é que nada aflige mais os pobres do que as dores de dente. Até para a fome o pobre tem solução, no trabalho ou na caridade, mas da dor de dente ele não pode fugir, não há assistência nem amparo na porta alheia. A cura carece de muito dinheiro, e de um tratamento ainda mais doloroso, um coice de cirurgião carniceiro que atende em gabinetes imundos, nos dias de feira, e derrama sangue e mais aflição.

A dor de dente é como ter um inimigo dentro da boca e não poder se livrar dele, gemendo na noite insone como se fosse dia claro, e gemendo de dia como se a noite continuasse. A solução é esperar que o dente se consuma e morra, mas ele vai contaminar outro antes de desaparecer, preparando dores iguais no futuro até que todos, todos os búzios brancos da boca estejam perdidos, permitindo o alívio eterno das dores de dentes. Porém, enquanto a boca não for calva, a dor continua clamando como uma ninhada de filhotes feridos.

Eu penso nessas coisas de que te falei, penso em ti e em mim também. Penso nos amores perdidos como dores dos dentes que apodrecem. O que mais me assusta é que o número de dentes é finito, o de amores não.

Com amor,

Francisco dos Anjos".

E como todos no Engenho estavam também abatidos, eu resolvi investigar e descobri o que deixava o patrão cada vez mais amargo no seu ruminar envelhecido, prostrado em casa durante o dia. A verdade era que, nas noites, com a porta de seu quarto trancada e um lampião aceso, ele consumia quase uma garrafa de cachaça sozinho, escondido. Bebia aquilo tudo sentado numa esteira, ouvindo rádio, olhando retratos que guardava num baú junto com as roupas, e na hora de dormir se ajoelhava diante de uma imagem de Nossa Senhora, que tinha retirado da capela e posto sobre um criado-mudo.

Rezava bêbado, desolado, e depois se jogava na cama. Uma cena comovente, que eu mais ouvi do que vi, escondido, disfarçado no breu dos cantos mais escuros da casa.

Nos dias seguintes eu procurei falar algo que levantasse o seu ânimo, mas sabia que não podia tocar no assunto da bebida. Primeiro, para não correr o risco de delatar a minha espionagem, depois, por ter certeza de que ele odiaria reconhecer a verdade, manchar a sua honra de santo. Nada da conversa que tentei, no entanto, fez efeito. O tempo iniciou a correr descontrolado e o patrão também mais descontrolado ficava, o engenho se descontrolava totalmente. A vida ficou muito dura.

Os empregados dos tachos, cansados do desvario de produção parada, da falta de comando e de dinheiro, resolveram enfrentar o chefe e foram tratados aos berros. Acabaram abandonando a propriedade, silenciosos, carregando somente metade das suas pagas. Com César foi até pior, pois terminou sendo empurrado e, embora não tenha revidado, desempregou-se também, partindo mal assalariado como os demais, ganindo ameaças que não cumpriria.

Ficamos o Gazo, a Muda e eu, somente, naquele engenho de melancolia, e este baiano de nada era quem fazia as compras na cidade, dirigindo mal e mal a Rural. Talvez por isso, ou por precisar de alguém que lhe servisse de enfermeiro e secretário, o patrão ainda me manteve a seu serviço no dia em que dispensou também o Gazo e a Muda.

Lembro-me bem daquela tarde de nuvens pesadas, com o inferno abrindo a sua maior janela acima dos homens. O chefe colocou as pobres criaturas, seus quase pais, com os trapos que os acompanhavam numa carroça e me mandou despejá-

-los na pequena casa no limite das suas terras, prometendo que a mudança iria durar algumas semanas, o tempo para ele fazer uma reforma no casarão.

Depois de toda aquela lambança com os da sua propriedade, Francisco dos Anjos passou um dia de muita alegria. Ficou rindo o tempo todo, louco, e quando me encontrava na varanda perguntava:

— Que é que tu pensas? Fiz certo?

Eu respondia que sim para agradá-lo, mas a cada novo encontro o homem se divertia indagando da mesma forma. Eu, com a alma em carne viva, os olhos em carne viva e o coração em carne viva, dava-lhe o mesmo gosto da cumplicidade.

A casa ficou muito grande, o engenho ficou enorme e eu consertava as mínimas coisas que podia. Eu quem fazia a comida, eu quem buscava água e lavava os urinóis e a sentina. Já andava pela casa como se fosse também dono dela. Vez em quando, o patrão dizia que alguns fantasmas de mulheres apareciam nas janelas e nas portas e até balançavam a sua rede. Ele ficava em choque porque, por mais que olhasse, não conseguia reconhecer os rostos, como se a memória o abandonasse. Já eu, procurando enxergar os fantasmas, não via nada. Confesso que eu não estava também muito bom do juízo, pois bebia as cachaças que tirava escondidas nas compras e fumava cigarros que eram embutidos naquelas mesmas feiras, além de surrupiar a parte miúda do dinheiro que me era confiado.

A vida ia nesse descer de ladeira até que um dia o patrão sumiu sem dar notícias e só voltou na manhã seguinte, com

Eu, que não amo ninguém 143

as calças sujas. O homem estava muito desarrumado, tanto que nem consegui perguntar nada. Imaginei que as manchas nas suas calças podiam ser resultado do ajuntamento com qualquer mulher da vizinhança, alguma aventura que o distraía. Lembrei-me do que me disse seu Porfírio na loja das lápides, que as mulheres do Penedo eram só brincadeira para o dono do Engenho Novo. Lembrei-me também de que não era a primeira vez que ele aparecia daquele jeito, e acreditei que talvez houvesse mais de uma mulher que o recebesse. Diferentemente das suas histórias românticas, era naqueles tratos que ele encontrava companhia.

Corri e preparei-lhe um banho, depois fiz comida e tratei o chefe como um parente doente. Fiquei de lado olhando-o comer, atento ao barulho que ele fazia, e as lágrimas escapavam dos meus olhos. Ele definhava de pé e eu pensava que não demoraria muito para o nosso mundo se dissolver. De fato, só precisamos de duas noites.

Naqueles dias tive a experiência mais desgostosa com a bebida. Certo que não foi ali que parei de beber, ainda tive outras desventuras, mas a vida é assim mesmo, também recebemos grandes recados, às vezes cartas inteiras com mensagens seríssimas, e só vamos abri-las dias depois, e às vezes é preciso mais tempo até achar os óculos. Eu era muito imaturo, embora não tão novo, e estava entregue a uma fidelidade e a um heroísmo que só os tolos têm, e que os fazem virar bois no matadouro.

A primeira noite foi naquele dia mesmo. Depois do almoço, o patrão passou a tarde dormindo um sono de anjo, de menino. Ao acordar, começou a agir como se soubesse da minha preocupação, sendo muito gentil. No pôr do sol ele me gritou, e sentamos na varanda para uma conversa que durou algumas horas. O que houve de novo naquela altura é que o chefe não escondeu a cachaça, ao contrário, me chamou justamente para beber acompanhado.

— Baiano, eu preciso de você para uma grande mudança nessas terras. Não é possível que eu tenha demorado tanto tempo para abrir os olhos, e perdido a minha vida perseguindo coisas sem valor. O que eu sempre invejei do Eugênio Lins, mas nunca tive coragem de fazer. Uma mudança que você vai conduzir, quando chegar a vez. É preciso que tome nota. Vou fazer o meu testamento político.

Ele me deu lápis e papel e começou a me falar de muitas coisas que o haviam decepcionado e o prostrado naquela situação de tristeza. Parece que era moda dos homens daquela época, dos mais inteligentes, fazerem testamentos políticos quando a morte parecia se avizinhar. Claro que ele me assustava falando de algo tão sério, mas resolvi obedecer. O patrão bebeu uma dose inteira de cachaça e disse:

— A infâmia tem nome: É a imprensa desse nosso Brasil. Foi a imprensa do Brasil que pediu o massacre dos pobres de Canudos. Foi ela que caluniou Oswaldo Cruz, que humilhou Júlio César, o gênio brasileiro dos dirigíveis, e levou Getúlio ao suicídio. E se banqueteia com os militares e mesmo assim não se sacia, porque é uma laia de mortos de fome, ignorantes e arrogantes e vaidosos.

Daí em diante foi um discurso só, longo e arrastado, com a língua presa na bebida. Segundo ele, o Congresso Nacional era uma canalhice total, repleto de ratos que tinham saído do

Eu, que não amo ninguém 145

Nordeste para sugar o Nordeste. E no Nordeste existia cana demais para açúcar de menos. E naquele mundo de canaviais que era o Nordeste, para cada hectare se produzia quarenta toneladas de açúcar, enquanto no sul do país um hectare gerava cinquenta toneladas e, em Porto Rico, o mesmo terreno rendia setenta toneladas, justo pela forma como a agricultura era feita. O clima era o mesmo, a terra era a mesma.

Ele criticou o governador de Pernambuco, que comprou terras com ágio para fazer reforma agrária e não ajudou na produção dos assentados. Bradou que já era hora de parar de plantar cana e produzir alimentos, pois por todo o Nordeste a fome campeava como o vento quente. O patrão gritava que nenhum comunismo poderia ser mais indecente do que a miséria dos camponeses de Alagoas e reclamava que o governador de Sergipe tinha ficado preso em Salvador justamente por defender a democracia.

— E que jornais são esses, que escarnecem dos líderes que estão no coração do povo?

Tantas horas se passaram naquele falatório que a noite acabou nos guardando em sua boca fechada, os dois homens e seus dois candeeiros. Estávamos muito tortos em nossos gestos e falas, e a cabeça de Francisco dos Anjos tinha aumentado de tamanho, ocupando todo o espaço que havia na varanda. O testamento não se adiantou, não disse que mudanças queria ver no mundo nem no engenho, nem também constituiu ninguém como herdeiro de tanta fúria.

Meus olhos fechavam embriagados e se abriam de novo para a mesma cena, os dois sentados um em frente ao outro. Eu levantei e saí para urinar no terreiro, é outro momento do qual me recordo, e me lembro ainda de ter chutado e quebrado uma garrafa vazia ao retornar. Então veio outra dose, a tentativa de voltar a escrever, o patrão dizendo que ia deixar as suas terras para todos os antigos empregados, eu deitando num banco comprido e ele, sentado numa cadeira, de cabeça baixa, dormindo.

No dia seguinte, despertei já no meu quarto, não saí hora nenhuma nem vi o patrão. Tinha dores por todo o corpo e pensei que morreria, e não comi nada. Quando a noite caiu, porém, recobrei a sobriedade e os meus sentidos tornaram-se bastante acesos. Tão acesos que, mesmo com fome, lembrei-me de uma garrafa de rum que havia guardado e comecei a tomá-la em generosos goles, fumando cigarros de várias marcas, tirando-os de dentro dos esconderijos nas minhas coisas.

Na minha festa particular eu me lembrava de uns bêbados que vira certa vez em Salvador. Eram uns sujeitos rudes que se embriagavam, vomitavam na calçada e logo tornavam a beber, para limpar das bocas a saliva azeda. Recordei também de outro que encontrei quando era criança, um homem vestido com roupa social e sapato de salto alto que estava adormecido no chão da praça, largado ao relento, derrubado pela cachaça. "Então isso é que é um homem adulto? Essa vaidade e essa derrota?" perguntei, com meu estranhamento de menino.

Eu pensava naqueles pinguços e dizia para mim que eu era pior do que eles, pior do que a imprensa. Hoje eu posso comparar e dizer que é como se Deus tivesse cortado finalmente o meu fio. Ah, um medo maior do que todas as coisas que pudessem assustar um homem, pior do que eu, do que a

Eu, que não amo ninguém 147

imprensa, do que os militares, do que os comunistas e do que o Jurupari. Levantei e corri para garantir que as tramelas do quarto estavam mesmo fechadas. Depois voltei para a cama e fechei os olhos como se fosse para sempre, porque de onde eu estava já dava para ver ambos os lados, a cara da vida e a coroa da morte.

Acordei assim que amanheceu, preocupado com o que teria acontecido ao patrão dos Anjos, e fui encontrá-lo muito enfraquecido em sua cama, com os olhos fundos e quase sem voz. A casa, embora tivesse ficado aberta a noite toda, estava em ordem, na ordem precária daqueles dias, e nada faltava. O homem quase não tinha condições de falar e tentou perguntar por onde eu tinha andado. Não respondi, com medo de irritá-lo, e ele se saiu com essa:

— Sabe quem esteve aqui, ontem? Me levou para passear...

— Quem?

— Meu irmão, me levou pra ver todo o engenho. Ele vai resolver todos os problemas dessas terras, vai trazer muita felicidade.

— E como é o nome do seu irmão? – Ele me olhou assustado. – E como é o seu nome? Qual dos dois você é?

O chefe desviou o olhar para longe e ficou em silêncio, e a sua respiração sobressaltada parecia esgotá-lo ainda mais. Vendo-o agonizante, precisando de um socorro que eu não poderia lhe dar, resolvi fugir e não levei nada na minha deserção, nem as coisas que tinha guardado no meu quarto. Quebrei um coco seco na cozinha e saí comendo a sua carne dura até a porteira do engenho, depois entrei por uma picada

148 *Franklin Carvalho*

no mato sob o sol escaldante da manhã. Caminhei ainda bêbado, engolindo poeira, não sei por quanto tempo, mas também não fui muito longe. A vista foi se turvando, desmaiei, e, quando acordei, estava num casebre feito de pau-a-pique, deitado numa esteira, no chão de barro batido da sua sala.

Zonzo e fraco, percebi duas mulheres acocoradas ao meu lado. Uma era velha e muito magra e rezava com um terço, enquanto a outra, jovem, apenas observava tudo. Vi também um velho negro, magro e de barba, sentado a um canto, quase imóvel, mas de olhos muito interessados nas coisas à sua volta. Era o Pai Geraldo. Alguns móveis simples, a poeira no ar, o espelho quebrado pendurado na parede, a caneca de água ao meu lado, o pote perto da porta, tudo dentro da casa estava paralisado num silêncio denso.

Eu me senti, logo ao acordar, ainda mais longe das minhas coisas, mais longe dos meus, da casa do curador e longe até do Engenho Novo e da cidade do Penedo. Mas ao mesmo tempo eu já me via igual àquela família, tão sem posses, bebendo a água barrenta que me serviam. Eu suava a cachaça de todos os dias anteriores ali no chão, e aquela sala era toda a terra que alcançava.

Acreditei que estava no mesmo dia em que fugira do engenho. Mesmo que eu desejasse que centenas de horas já se tivessem ido, não havia outra manhã ainda, e a lembrança de um homem convalescente latejava na minha cabeça. O patrão, Deus havia cortado o seu fio mas, na queda, a linha dele se tinha embaraçado à minha, eu sentia o peso, precisava me libertar. Era preciso enterrar as obrigações antes de receber a minha vida de volta.

Eu, que não amo ninguém 149

A mulher na janela

Pai Geraldo envelheceu vergado sobre a terra, arrancando dela uma lavoura improvável, obrigado a entregar os melhores frutos a atravessadores para obter o mínimo de subsistência. Naquele serviço também se consumiram a sua esposa e os filhos, todos falecidos antes dele. Dos netos de Pai Geraldo, restara com ele somente uma daquelas mulheres que eu encontrei, negra e magra, a que debulhava o terço. A pobreza a tornara velha antes da hora, exaurida. Da mesma forma estava exposta a sua filha ali presente, bisneta do velho, uma moça de dezenove anos, mestiça de olhos índios rasgados.

De repente, reparando direito, reconheci a moça: era a mesma que conduzia uma cabra no grupo que eu e o patrão avistamos certa vez, e a cabra escapuliu e o chefe a resgatou, e ela não deu conversa a Francisco dos Anjos. A jovem destoava do ambiente de penúria com sua altura e sua tez brilhante, além das formas arredondadas. Vivia numa casa de portas que não fechavam direito, com galinhas, cabritos e gatos criados na sala e na cozinha, e os seus cabelos, castigados pelo sol, estavam assanhados como os pensamentos que costumam agitar as pessoas mais novas, mas era bela.

Uma paz estranha reinava naquele cenário devassado pela luz, o meu novo abrigo de homem sem endereço. A sala de

Eu, que não amo ninguém 151

terra batida tinha a força e a solenidade de um terreiro de santo, que vibra sob os pés das pessoas. Eu inspirei a luminosidade para o fundo dos meus ossos, retomei as poucas forças que ainda tinha e implorei que alguém me levasse ao engenho dos Anjos.

A moça, que se chamava Crispina, me acompanhou, apoiando-me algumas vezes em seus ombros, até a porteira do engenho. No caminho eu tentava agradá-la com promessas de presentes, encantado por receber um tratamento tão carinhoso, ao mesmo tempo em que delirava:

— Vamos pegar o corpo e enterrá-lo, e depois essas terras serão somente tuas e da tua família, já te pertencem de direito. Eu vou embora logo, eu que fui feito administrador, não quero mexer em mais nada. Essa terra quase que bebe o meu sangue, mas para vocês será uma maravilha.

Crispina, como único remédio que possuía, enxugava o suor do meu rosto com uma das mãos, coisa de menina que pensa que toda dor e toda doença devem ser refrescadas.

— É bom mesmo receber uma herança, vai servir para o meu filho — disse, gargalhando.

— E tu já tem filho nessa idade?

— Tô esperando, tá vendo não? – E me mostrou uma leve curva que aparecia sob o vestido estampado. Como o corpo era mesmo muito alto e belo, outras coisas chamavam mais a atenção na figura, mas tudo era ainda uma aura fechada de mistério.

Logo que avistamos a cancela do engenho ela deu o favor por completo e falou em ir embora. Só depois de pedidos comovidos, consegui que fosse comigo até o casarão. Eu estava preocupado com a noite que começava a se fechar em direção ao poente e temia pelo cenário que poderia encontrar, bem como pelas providências que me seriam exigidas. E não era para menos. Na casa, avistamos o homem deitado no chão da varanda, pálido como cera. Ele devia ter levantado da cama e se arrastado sozinho, em busca de luz.

Estávamos todos muito fracos, inclusive a jovem dona, que me carregara e carregara o seu filho àquele encontro, mas Crispina se desdobrou e tirou forças de uma essência da noite que nós, homens, não conhecíamos. Ela se movia nas sombras com a destreza de um gato, sumindo e reaparecendo, encontrando no escuro as coisas de que precisávamos. Foi ela quem rezou na boca da noite. Foi ela quem acendeu a fogueira na varanda e cozinhou uma papa do arroz que encontrou na despensa. Foi ela quem, grávida, agiu como parteira de dois homens adultos, e quem fez o chefe verter um vômito aguado, a cachaça que bebera, vivo de novo, e escolheu roupas e lençol secos para o patrão, e o limpou e o vestiu.

Eu ainda tinha medo de morrer e medo de que o patrão morresse, e inventei uma extravagância que era ao mesmo tempo bondade e desencargo de consciência. Levantei-me com a ajuda de minha parteira, caminhei até o quarto em que estavam as minhas coisas, apoiando-me nas paredes, mexi no colchão e retirei de lá a causa do meu sofrimento por meses seguidos, o verdadeiro pó atrativo do amor. Quando retornei, ainda segurando nas paredes da casa, estiquei o braço em direção a Crispina, mostrei o pacote de feitiço e disse:

Eu, que não amo ninguém 153

— O maior pavor dele era morrer sem esposa, e talvez isso acabe acontecendo de uma hora para a outra. Eu sei como é difícil aceitar o meu pedido, é quase casar para se tornar viúva, mas você pode ajudar a iluminar a alma desse homem que agora vaga às cegas.

A moça aceitou tudo o que eu propus sem receios, com a serenidade de quem entende claramente as combinações espirituais. Eu casei o chefe com Crispina, unindo as mãos dos dois, ele quase inerte, e dizendo o nome dela e de Francisco três vezes seguidas. Casei do jeito que inventei, com orações desesperadas e o pó de feitiço, que já não aguentava mais carregar. Estava farto de todas as coisas, farto da falta delas, e quis dar ao chefe o meu melhor presente, na última hora, entregar-lhe um matrimônio que só tinha eu e os insetos da noite como testemunhas. Depois de conjurar o invisível e de realizar aquele ritual sem qualquer autoridade e quase descrente, caí desfeito, com os ossos estalando sobre o cimento frio da varanda.

Ainda na mesma noite, Crispina vasculhou a casa que até os espíritos tinham abandonado, encontrou toucinho e charque e preparou um pirão, que enfiou na goela do chefe e comemos juntos. Na manhã seguinte, como que por milagre, acordei mais firme e fui buscar água limpa, ovos, abacate maduro, mel, farinha e outras coisas, das forças que o engenho ainda possuía. Ficamos horas comendo, recebendo o vento que batia na sombra da varanda, em torno do fogo que novamente acendemos, com a chaleira de café posta sobre uma trempe de tijolos.

No fim da tarde o patrão já se sentava e nos olhava com seus novos olhos vivos, depois de muita escuridão, mas era o mesmo homem. Tanto era, e o mesmo ranzinza, que a primeira coisa que me perguntou era como eu ia pagar os serviços daquela mulher.

— Se fosse pagar, o senhor não teria dinheiro. Basta cuidar bem da sua esposa.

— Que esposa?

— Eu casei o senhor enquanto estava aí, morrendo! – Na hora, expressei a feição mais suave que poderia fazer naqueles dias de tormenta. Crispina não levava a sério nada do que ouvia, parecia debochar dos dois marmanjos que brigavam.

— E desde quando o senhor casa pessoas? É padre, juiz de paz?

— Sou nada, sou herdeiro disso tudo aqui. O dono morreu e deixou para mim. Ele foi para o inferno, e no inferno não tem cachaça, ninguém bebe álcool, e os empregados mandam nos patrões. Não estava cansado do mundo como ele era? Essa é a nova lei.

Eu senti que o feitiço tinha mesmo se entranhado na fibra do chefe assim que o vi recuperando-se e contemplando Crispina. Os olhos do homem brilhavam sorridentes, polidos por uma paixão delicada. As almas dos dois luziam como dois lençóis lavados, esvoaçando no varal em tarde de vento, dançando uma para a outra, e se encontravam à medida que ele se curava. Com o passar dos dias, sem saber de nada da mandinga, ele aceitou o casamento que lhe arranjei e reagiu ligeiro à amofinação. Ficou de pé e deixou as presepadas que lhe deram susto de morte.

Eu, que não amo ninguém 155

Certa tarde, eu e o patrão estávamos na varanda e ele me perguntou por que eu não tinha me casado com a mulher que lhe trouxera. A pergunta até que era boa, eu vivia sozinho e podia adulá-la também.

— É que é tu que precisa dar esse salto agora, sair da arrogância de tanto medir os outros, julgar os outros, estar sempre atravessando um inverno, e sozinho. Já não necessita também de companhias falsas, nem é o caso de se desdobrar em dois. É hora de ser um só e de encontrar parceria. É preciso ter cuidado, pois às vezes a cabeça amarra o corpo inteiro. Veja que Crispina prepara uma criança, e ela mesma diz que não espera nada do pai do bebê, seja esse pai quem for. "O pai não existe", ela me disse. A essa altura todas as ilusões estão perdidas, todas as honras faliram. A jovem e a criança só precisam da terra que o senhor quase abandonou, e a terra só precisa de vida.

Lembro-me de Francisco dos Anjos ouvindo tudo com temor e respeito, e até com gratidão, como se fosse um aluno escutando o melhor dos professores. A sua prepotência sumiu naquela hora, o seu olhar amansou e a sua voz tornou-se branda. Senti que eu também poderia ser poderoso, como antes julgava que só ele tinha esse dom, vocacionado para mandar e ser obedecido, as costas enormes.

A partir daquele dia tudo virou um momento de encontro, de conversão. Uma pessoa muito boa surgiu na pele do chefe. Quanto ao casamento, muita gente poderia dizer que aquele arranjo de homem e mulher tão diferentes só se obteve por imposição do pó que usei, mas acredito que foi o contrário, o feitiço só desfez os empecilhos que lhes separavam, tirou as máscaras, descalçou as almas e as igualou.

156 *Franklin Carvalho*

Já na noite seguinte estávamos sentados os três em volta da mesa da copa, debruçados sobre os pratos do jantar findo, iluminados por um candeeiro. A chama tremia como se mastigasse pedaços do escuro e os insetos que surgiam dele.

— E a Muda e o Gazo, quando é que vão voltar, seu Francisco?

— Amanhã você vai lá na casa pegar os velhos. Arma a carroça, chega lá e traz os dois.

— O senhor é que é o chefe, que dispensou os dois, devia ir também... E é preciso buscar a família de Crispina. Eles merecem toda a gratidão, nem que eu tenha que ceder o meu lugar. Pai Geraldo pode se acomodar no meu quarto, junto com a mãe dela.

— Parece que agora eu é quem vou cuidar dos outros, vou virar uma árvore velha, dando sombra...

— Casamento é isso mesmo. É assim com todo mundo, e ainda vêm os passarinhos e vão sentar no tronco da árvore, vêm os cupins, vem abelha, vem limo, cogumelo e samambaia... O tempo de homem velho é tempo de ficar igual a pau velho e, quando morrer, virar adubo. Isso já é uma benção, pelo menos tem alguma utilidade. De que vale tanto saber, tanta viagem, se não ensina nada a ninguém? Olha que moça bonita... Todo homem quer uma mulher dessa, para viver num lar de verdade... E ela salvou o resto da tua vida, o senhor não entende?

O escuro selou os cenhos dos homens por um bom tempo, até que Crispina rompeu o silêncio de vários dias, apoderando-se da voz que nunca lhe daríamos por boa vontade.

— Isso que vocês dizem é tudo uma palhaçada. Meu pai avô não quer vir para cá, ficar igual a vocês, que não se arran-

Eu, que não amo ninguém 157

jam sem montar nos outros. Vocês ficam lambendo as feridas que já estão secas. Parecem com almas penadas dentro de casas assombradas, e as casas assombradas são vocês mesmos.

E novamente o silêncio. Depois de um tempo, voltou Crispina:

— Vocês não entendem?

A graciosidade da menina, então a mulher da casa, mais carnuda e mais bonita pela comida que fazíamos todos como que para curar os dias das bebedeiras, acabou a briga. O patrão riu, intrigado, e eu ri com aquele homem feliz à minha frente, ele também forte. Crispina ainda abriu um sorriso enquanto mexia numa frigideira em busca do último tira-gosto. O chefe perguntou:

— Você esteve aqui nesses dias recentes? Os dias em que eu estava doente? Acho que eu vi o seu rosto pelas janelas.

— Pode ser que sim. Não sei onde sou vista, onde apareço. Isso depende mais dos outros do que de mim, sabe? Mas agora, além de me ver, você está me ouvindo. Eu já começo a ter os seus ouvidos e vou querer o resto da cabeça.

Ali já havia uma família e, mesmo que o feitiço do pó só durasse sete anos, como o povo sempre comentava que era o seu limite, estava valendo a pena.

Houve ainda outra tarde de muito calor quando eu, explorando o mato, sem camisa, carregava uma faca colada à cintura, por debaixo da calça. Já cansado, sentei-me num galho de árvore, tirei a lâmina e a usei para aparar as unhas e para podar os pelos abaixo do umbigo, limpando também o suor depositado nas dobras da barriga. A faca chegou então muito perto do nó de nascença e o frio do metal puxou o sangue à flor da pele, me arrepiando. Arrepiou tudo mesmo, até despertar a máquina de fazer filhos, o engenho meu, do qual havia muito tempo tinha me esquecido, e que ficara sem uso nos últimos meses de cachaça e testamentos políticos.

Observando de longe o povo do engenho pastando nas suas existências, voltei a pensar se valia a pena perder-me, eu tão jovem, naquela devoção aos estranhos, numa vida que não era minha. A minha máquina, a ferramenta que me acompanha desde o berço, estava em riste, apontando para frente, sem esperanças. Nem futuro, nem amigo, nem mulher.

Pensando ainda no testamento político do chefe, recordei dos únicos respeitos que podiam me mover. Nunca considerei eminências, excelências, famílias, nem acreditei em bodas, falecimentos, inaugurações ou quermesses. A máquina era a única coisa em que acreditava, minha única arma, mastro do meu São Sebastião, de onde eu partia e para onde eu sempre voltava, chegando cansado de fantásticas batalhas, espingarda de atirar em passarinhos que lhe sobreviviam alegres, cabide de pendurar mulheres. Era a maior força que eu tinha para criar vida ou aderir a sonhos, distribuindo satisfação. E agora ela estava ali, no mais distante dos mundos, sem vaso que lhe coubesse, pobre flor, pobre flor. Por que Deus quisera as coisas assim?

E Deus respondeu imediatamente àquela altercação, mandando chover sobre mim. Eu estava num galho de cajazeira, brincando com a faca, sentado no galho, e choveu forte até que resolvi descer e me abrigar. Fui para baixo do telhado de um chiqueiro abandonado e fiquei abatido, perguntando se além de crer na máquina eu acreditava também

Eu, que não amo ninguém 159

no Criador. Mesmo longe dos homens, havia muito tempo que eu não voltava os olhos para encontrar o Altíssimo. Nem pedidos eu mais fazia aos Céus, menos ainda dava graças por qualquer coisa.

Passei um bom tempo debaixo das lágrimas e da chuva, o teto do chiqueiro não me protegia, e primeiro respondi que Deus vivia dentro da máquina de cada homem. Depois achei aquele argumento um pouco fraco, mesmo considerando que o endurecimento de uma verga seja fato muito intrigante na natureza. A vida é muito besta, eu pensava, e todas as coisas nos roubam da vida. Os objetos e pessoas nos gastam e, em vez de nos pertencerem, nós pertencemos a eles. Eu mesmo, querendo ser o meu próprio dono, me vendi barato, me perdi e perdi todas as coisas.

E a faca ainda estava em minha mão, eu ali no chiqueiro, embaixo da chuva. Ainda não tinha achado um caminho para Deus nos meus pensamentos. Ao contrário, quanto mais meditava, mais falava "eu", "eu", somente "eu", a máquina latejava como se fosse a porta de saída do meu espírito, meu maior umbigo. E eu imaginei, ou lembrei, da mulher mais linda das que já vira no Penedo, daquelas índias alagoanas gordas de farta cabeleira, e delirei naquele sonho sôfrego até parir chuva também. E por fim, no meu cansaço, cessou a agonia, pois o espírito saiu pela porta da qual sempre saía, e voou com minha semente, com minhas lágrimas salgadas, com a minha certeza de estar vivo, molhando a terra roxa do chiqueiro abandonado.

Quando eu e o patrão fomos buscar Pai Geraldo, a neta já o tinha enterrado próximo à casa em que moravam. O único regalo que o velho teve na vida foi morrer sereno, quieto como um passarinho, poucos dias depois que o conheci. E a dona Egídia, a mãe de Crispina, eu e o patrão a encontramos sentada num banco de madeira, resignada, catando feijão numa panela de barro. Ela perguntou pela filha e nos olhou com um vivo interesse, desejando boas notícias. Continuava muito magra, mas tinha uma força tremenda. Ouviu com paciência o que tínhamos a dizer e, como se fosse nos ajudar também, partiu conosco.

Então o engenho voltou a funcionar e o chefe retomou o trabalho com os mesmos empregados que a ele retornaram. Também trabalhava dona Egídia, que tinha artes próprias de tecer fibras e curar os bichos e a gente. Ela passou a viver num quarto que se desocupou dos badulaques que a Muda acumulava. Somente a Crispina não realizava tarefa pesada, porque logo pariu e entrou no resguardo. Deu à luz um moleque miúdo e chorão e os dois, mãe e bebê, ficaram dias num quarto escuro e abafado, para evitar as doenças que o vento poderia trazer.

O patrão poucas vezes foi ver a mulher e o menino naqueles dias de líquidos quentes, como era o costume de visitas no resguardo mais antigo. Além da Muda e da avó do bebê, eu também dava assistência e lavava os panos e fazia mingaus e conferia se estavam fechadas a porta e as janelas do quarto. Eu mesmo rezava para que o menino Eugênio, assim chamado em homenagem ao finado amigo de Francisco dos Anjos, parasse de chorar, e o moleque parava na mesma hora. Eu

Eu, que não amo ninguém 161

punha uma linha vermelha na sua testa e ele não soluçava mais, e não estranhava quando eu o tomava em meus braços.

Mas o mundo funcionou mesmo quando, passados quinze dias do nascimento, o patrão já não me quis por perto da sua esposa e, cada vez mais enciumado, arranjava para mim serviços fora da casa. E nem queria me deixar sentar à sua mesa. O homem mudou, é certo, mas era ele mesmo, bendita seja a natureza. Certa noite, perguntou:

— Não está com saudades dos seus, lá na Bahia? Esteja livre para fazer o que quiser.

Dias mais tarde, já estando restaurada a Crispina, ela própria passou a me tratar com ordens atrás de ordens. Contaminara de tal forma o mau humor do patrão que eu comecei a temer que dali a pouco o próprio bebê viesse me dominar, calçando botas ainda no berço para me picar com esporas.

As coisas nem sempre precisam ter final para acabar. Daí que eu, tendo passado tanto tempo ali escondido, julguei que a polícia tinha me esquecido e retomei o meu caminho. Ou nem foi assim, é melhor contar a história direito. Os donos do engenho, loucos para se livrarem de mim, me deram algum dinheiro para pagar a viagem até Aracaju e pediram o meu quarto para usá-lo como depósito. Eu não fui ainda. Já era novembro de 1967 e o patrão me chamou para conversar na varanda, os dois sentados.

— Estava falando com a mulher que as coisas aqui precisam mudar, e a gente concordou que você tem que tomar seu rumo. Se você não partir, o tempo não vai passar.

— O senhor tá lembrado de que ainda deve pelo feitiço que encomendou?

— Devo o quê? Não devo mais nada, ora, já paguei adiantado.

— Sim, mas essas coisas não se resolvem dessa forma. O senhor me obrigou a ficar, e eu fiquei como garantia esse tempo todo, sinal de consideração, de amizade, de preocupação. Esta experiência modificou a sua vida. Agora o senhor tá aí, casado, tem que olhar o meu esforço, que fiz de graça.

— Parece que você não está ouvindo nada do que eu digo. Eu não vi resultado nenhum, de feitiço nenhum. Pelo contrário, quase que morro. Em segundo lugar, quando fiz a encomenda, mandei levar dinheiro que só, e o curador disse quanto era. E foi o contador quem pagou, pergunte a ele. Só não pedi recibo porque confio no César. Se quiser, a gente chama ele e tira isso a limpo. Ou eu devo pagar duas vezes?

Mais uma vez o patrão me pegava numa armadilha feita de verdade pura, não havia nada a pagar do feitiço. Apenas uma frase do curador enchia meus ouvidos, e a repeti:

— Seu Francisco, o curador disse que ainda esperava muito dinheiro do senhor.

— Eu bem entendo, ele me queria ter a vida inteira como cliente, inventando artimanhas, vendendo vento.

Lembrei-me também que, quando saía da casa de santo para viajar para o Penedo, perguntei ao pai de santo sobre o pagamento.

— Não é da sua conta. Eu estou lhe dando o suficiente para você viajar e voltar. Se ele lhe entregar alguma coisa, venha e deposite aqui na minha mão, quer seja dez, ou cem ou dez mil.

Aquela conversa, que animou minhas esperanças meses a fio, foi sumindo da minha memória, evaporando e até foi

Eu, que não amo ninguém 163

bom que tenha acontecido, porque deu tempo de recorrer ao remédio de sempre, a mentira. Ainda tinha uma grande margem para enganar.

— Por isso que a Crispina diz que tem pena de mim. Ela diz que estão querendo arrancar até o meu couro – resmungou o patrão.

— O curador disse que o dinheiro que recebeu não deu nem para o começo. Só cobriu as entidades maiorais, mas tem que agradar as falanges, as linhagens, os meninos e índios... Ele teve que tirar do próprio bolso para arcar com as despesas extras.

Ficamos em silêncio por um momento e eu retornei com mais mentira.

— A essa altura ele já deve ter pensado que eu roubei o dinheiro e desapareci. Não convém deixar um curador insatisfeito.

— E o que me garante que não é você que está inventando? Que não vai pegar o dinheiro e sumir no mundo, mesmo?

— O dinheiro que está faltando é só a metade do que já foi entregue...

— Metade? Mas isso é um absurdo. Eu podia lhe dar no máximo uma gorjeta, uma gratificação... — Eu já estava ficando feliz, mas continuei.

— Então eu lhe faço uma pergunta: como é que o senhor acha que esse tipo de negócio encerra? É como comprar feijão, arroz, farinha?

Notei uma surpresa enorme em sua face, o medo de quem lida com uma força desconhecida. Seus olhos quase sumiram, como se tentassem escapar de um pesadelo.

— E quando é que encerra?

— Os dois lados têm que dizer que já cessou. A gente pode reconhecer agora, a depender de quanto o senhor pague.

Então ele se levantou, entrou em casa e demorou um pouco por lá. Depois voltou com uma trouxa de pano, um lenço amarrado, e nem se sentou novamente, empurrou-me o pacote. Ainda falou, com pressa, já me dando as costas, que eu podia voltar ao engenho quando quisesse. Aquilo soava como uma mentira tão grande que me dava gosto ser o mais mentiroso entre nós dois. Eu estava certo de jamais retornar àqueles limos do Penedo.

À noite eu falei que iria preparar a minha bagagem e que me despediria no dia seguinte, quando fosse viajar, mas fiz as coisas da maneira que gosto. Na madrugada, trancado no meu quarto, tirei do colchão o dinheiro que tinha guardado durante meses e aquele ganho na apelação de ir embora e meti tudo num embornal, junto com as minhas poucas roupas. Fiquei sentado na cama, fumando, e mais perto do amanhecer, ainda escuro, atravessei a porteira do engenho rumo à estrada.

Em dois ou três momentos olhei para trás e dei graças a Deus por ninguém me seguir. E quando o sol apareceu, e depois que o sol apareceu, e quando o sol ferveu o orvalho eu ri como um homem verdadeiramente feliz, porque lembrei de novo quanto dinheiro levava comigo, uma boa paga, como me prometera o Jurupari.

Até hoje recordo do meu tempo no engenho dos Anjos e daquele homem pequeno e grande chamado Francisco, que ficava sem as mulheres por não querer perdê-las, por não sa-

Eu, que não amo ninguém 165

ber perdê-las. Para aquele dono dos açúcares, toda separação tinha que ser lembrada como morte, como luto, porque no luto as pessoas ficam conosco, são guardadas na lembrança sem ressentimentos. Nas separações, ao contrário, cada perda parece demasiado definitiva.

Por isso ele colocava uma pedra para cada mulher que lhe escapava, e eu conferi na capela nome por nome, as lápides aplicadas pelas suas próprias mãos como figurinhas de um álbum. E logo abaixo do nome de cada mulher, havia umas quatro ou cinco, embaixo de cada nome estavam escritas duas datas que diferençavam em um ou dois anos entre elas, exatamente como tinham me dito no Penedo.

O que mais me espantou, porém, foi descobrir o que o chefe fez com o falso pó que lhe entreguei. Ele, que a princípio se interessou por um chamativo do amor, assim que recebeu a encomenda desencorajou. Passou a se sentir envergonhado por recorrer ao feitiço, coisa que ele considerava dos homens mais rudes, e desertou. Tentou se livrar do preparado, mas se achava tão contaminado que passou a ter medo.

Vivia mais e mais horrorizado a cada dia, temendo espíritos terríveis de uma religião que não conhecia, e que julgava ter perturbado. Na sua imaginação, devia àqueles espíritos, despertara-os contra si próprio e precisava calá-los. A única solução que lhe ocorreu foi aquela que já usara para todas as questões envolvendo as mulheres: sepultou o falso feitiço na capela, em alguma fenda na parede.

Estava desesperado por ter cruzado a fronteira do seu mundo conhecido, como muitos cristãos que batem às portas de terreiros, e fez para si uma rotina de orações a fim de se proteger. Julgou até que estava salvando alguma alma já que, no seu tosco entendimento, o pó continha ossos de mortos e ele estava aliviando desconhecidos, dando repouso definitivo aos seus restos mortais.

No fundo do seu coração, no entanto, ele sabia que estava enterrando também a última esperança que ainda possuía, que era a magia, para alcançar as mulheres. Era o final do futuro, e um corte que o tornou velho de vez. A tristeza veio como ferrugem nos seus ossos e ele entrou na depressão que quase o derrotou.

Tudo estava misturado na cabeça do patrão, os vivos eram mortos, os mortos, vivos, e eu, os empregados, as mulheres e as outras pessoas éramos apenas corpos sem almas que estavam ao seu serviço. Lembro-me que, num dos piores momentos de sua loucura, ele me olhou como se tivesse uma visão claríssima, muito dono da razão. Depois, deu prova do seu delírio:

— Precisa esvaziar a casa e a cabeça para tanta gente que está chegando.

— E quem está chegando, seu Francisco?

— Todo mundo que a gente conhece. Todo mundo que a gente pensa que está no passado. Há um momento em que eles voltam, é assim mesmo. Todo dia, quando o sol se põe e começa a escurecer, uma passagem se abre no tempo. Vem todo mundo que morreu, todo mundo que sumiu. Todos ficam por aí, andando na varanda e no quintal, acenando, chamando. É uma festa. A hora está franqueada. É algo muito bonito ver o passado, mas dá uma tristeza imensa... A saudade. Que pena das pessoas que morreram, mas, também, que inveja...

— Inveja?

Eu, que não amo ninguém 167

— É, inveja daquele tempo em que eles viveram, que eles ainda estão vivendo... Se a gente atravessa para o passado, a gente encontra todo mundo desfrutando do tempo que foi bom. Eles ainda estão lá, bebendo café, comendo milho, bolo, carne... Aproveitam tudo. Dá uma inveja danada daquele tempo que agora é tão pacífico... Chega me coço.

Amarrado

No mesmo bendito dia em que escapei das terras de Francisco dos Anjos, no Penedo de Alagoas, fui ferido por uma infâmia que ainda me dói, como ferroada de marimbondo, ao mesmo tempo um golpe que marcou o corpo inteiro, como o branco da pipoca estoura no milho.

O sol da manhã estava estorricante, sapecando os homens com largas labaredas. Depois que atravessei a porteira caminhei um bocado, quase uma légua, e encontrei dois sujeitos pobríssimos, caçadores de armadilhas improvisadas, que recomendaram que eu seguisse até o fim de uma picada, dobrasse à direita e procurasse uma ruína, ali paravam os carros de frete. Pedi comida, mas os caçadores, que estavam mesmo na miséria, não me deram nem quando lhes ofereci dinheiro. Aborrecido, eu me afastei daquela gente desnorteada e andei até o ponto de espera. Fiquei lá um bom tempo de pé, desejoso do aparecimento de gente, mas me cansei e arriei o corpo.

Horas se passaram evaporadas na poeira quente do ar. Houve lapsos enormes de silêncio e os pássaros e insetos começaram a se agitar, anunciando o meio-dia para o meu estômago vazio. Até um bem-te-vi ria da minha dor e mosquitos disputavam meus olhos, felizes como crianças que encontram um lago. Deitado na sombra da casa em ruínas, nas

Eu, que não amo ninguém 169

pedras frias do resto de calçamento da sua varanda, eu olhava um desfile de formigas negras. Quieto à espera de um automóvel, tentava não pensar em nada. A casa, feita de adobes, possuía apenas uma parede de pé, caiada e riscada de carvão, e daquela parede pendiam os caibros e as ripas que dispersavam destroços do telhado para todos os lados.

Não sei se cheguei a cochilar, não me recordo de tudo. Lembro-me, porém, de ver a cara vermelha de um sujeito grandão sentado à minha frente, e os seus cabelos duros e ouriçados, que seguiam em todas as direções como raios negros. Havia alguma coisa de desarranjo naquela figura que usava uma capa preta, como se ele tentasse se esconder, e nem me cumprimentou. Muito do seu tempo passava com a face voltada para o chão, só me observando se eu fingisse desviar os olhos. Quando abanou-se com a ponta da capa, pude medi-lo melhor e ver os seus cabelos como o telhado da ruína. Ao seu lado repousava uma daquelas malas de amostras que os mascates carregam, tipo valise preta, mas já bem surrada.

Percebi então, um pouco mais longe, numa sombra recuada de mato, um menino, um caboclinho magricelo, vestido com trapos, amarrado com corda de sisal. Puxei conversa:

— O amigo acha que tem precisão de levar essa criança amarrada assim?

— Se a mãe me deu pra criar, eu levo como quiser. Na cidade eu solto ele.

— E isso é direito seu, amarrar o filho dos outros?

— Não é da sua conta. Cada um faz o que quer.

Não foram poucas as vezes em que me contaram de gente pobre, muito pobre, entregando os filhos para estranhos que passavam pelo mato. Bastava que os tais homens, sendo vaqueiros tocando gado, aventureiros, pistoleiros ou mascates, demonstrassem ter como se sustentar para arrebatarem moleques ao seu serviço. Alguns pais ficavam verdadeiramente empolgados, considerando aquilo uma grande oportunidade. Os meninos se resignavam à sorte como se salvassem suas famílias de um fardo e encontrassem um lugar no mundo. Depois, as pequenas criaturas recebiam poucos cuidados, viviam no maltrato e sofriam até secar, ou ficar cegos, ou corcundas, ou aleijados pelos pesos que carregavam. Acabavam escravizados, passados de um jugo a outro. Sem parentes, sem saúde, sem conhecimento da sua própria localização, tinham que cumprir todas as ordens e mesmo sofrer sevícias.

Eu olhei para o rapazote preso, a barriga nua, suja de suor e de barro, e notei que ele soluçava, os olhos encolhidos como pássaros que recordam a liberdade perdida. Os braços e os ombros estavam marcados de arranhões e o sisal nos pulsos tinha manchas, talvez de sangue. Aquela cena era o retrato da brutalidade, o inferno em hora clara do dia. Tentei argumentar ainda mais um pouco, mas o mascate parecia debochar de mim, e me atacou como uma fera. Não tive alternativa, tentei detê-lo usando os meus braços destreinados, as minhas raivas e a fome que sentia. A luta, porém, não durou muito, nem chegou a produzir lances de vigor ou desempenho.

Logo, logo, estava eu também amarrado pelos pés e pelas mãos com tiras de sisal e pedaços de arame que o homem mau catou das cercanias da ruína. Roxo e ofegante, eu salivava no mormaço, cheio de hematomas no rosto, nos braços e nas costas, enquanto o menino preso tremia de desespero. A maldade se completou quando uma caminhonete velha, caindo aos pedaços, parou e embarcou o marmanjo e o ga-

Eu, que não amo ninguém 171

roto. O motorista, um velho branco que estava sozinho no carro, me olhou com espanto e perguntou quem era aquele maluco apeado na calçada da ruína.

— Esse aí é um leproso que queria me roubar — falou o mascate. — Mas eu já tomei conta de tudo. Deixe ele aí passando fome.

Dizendo aquilo, ele tirou da capa o maço de dinheiro que eu tinha ganhado no Engenho Novo e me mostrou as notas, sorrindo, com os olhos em festa, como se aquilo fosse um prêmio de loteria. O diabo tinha surrupiado os meus ganhos todos e ria com o motorista canalha, que aceitava a sua mentira.

Nunca esquecerei de ter estado naquela sombra de ruína, sem dinheiro nenhum e atado. Para piorar a situação, quando me encontrei sozinho mais tarde começaram a se insinuar nas sombras do mato as caras das entidades perturbadoras, caiporas, sacis, espíritos de viajantes perdidos e de rios secos, chamando para conversa. Eu fechava os olhos e recitava pontos dos encantados e o Credo, gozava de meia hora de sossego mas voltava a tremer, até frio sentia.

Acabou que peguei no sono e, já no pôr do sol, fui acordado por um peão que dirigia um carro aos pedaços e que transportava lenha para a cidade vizinha de Coruripe. Ele era como um samaritano muito piedoso, a volta de Jesus à Terra. Logo me desamarrou, pôs-me ao seu lado no automóvel e me levou para onde estava seguindo, sem perguntar nada e sem esperança que eu fosse falar algo compreensível no estado de nervos em que me encontrava. Mas foi graças à sua ajuda que achei uma saída para tocar a vida depois daquele infortúnio.

Infelizmente, o bom samaritano só foi piedoso até chegar a Coruripe, já à noite, e mandar que eu descesse na praça.

Ali mesmo me largou e se foi, alegando pressa de concluir o seu serviço. Eu andei até o lugar mais escuro na sombra de uma igreja e deitei na calçada lateral, me sentindo amarrado ainda, abandonado das coisas da vida. Pensava em refletir sobre a injustiça do mundo, mas logo deixei o mundo, que não é justo nem injusto, nem redondo nem quadrado, apenas escravo das órbitas do céu. Adormeci e aceitei tudo como sempre foi, o reino dos demônios e dos palhaços.

Tenho quase certeza de que foi isso que pensei antes de apagar no sono: pensei em demônios, porque estava com raiva, e pensei em palhaços, porque me considerava um bobo, sempre metido em enrascada. Mas parece mentira quando eu digo que foi justamente um palhaço a primeira coisa que encarei quando voltei a mim. Certo que só depois soube que era palhaço, mas posso declarar já, para adiantar.

Eu estava deitado no chão frio da calçada da igreja quando fui acordado por um homem que chegou com o rosto pingando sangue, o hálito azedo e as roupas rasgadas, quase sem voz. Que bicho o tinha atacado? Naquela coincidência rara de dois estropiados se encontrarem, era como se a minha dor tivesse corrido para encontrar uma dor maior, rio barrento que deságua no mar salgado. Comecei a acreditar que se tratava de um delírio, mas o homem tirou do bolso da calça uma nota de dez cruzeiros e pediu, com sua voz tremida e fraca, que eu lhe comprasse um litro de leite, pois tinha sido envenenado. Perguntei se podia comprar leite para mim também, pois sentia fome, e facilitava trocar uma nota tão graúda. O palhaço disse que sim e fechou os olhos no silêncio de um extremo esgotamento, agachando-se.

Eu, que não amo ninguém 173

Não sei como saí dali, nem como descobri no meio da noite onde comprar os três litros de leite que levei em garrafas de vidro, não sei como voltei e não sei como nos salvei. Mas recordo que antes de os meus olhos fecharem novamente, adormecidos, ouvi duas vozes no meio da escuridão:

— E esse tolo, porque não fugiu com os dez cruzeiros? É um miserável, teria resolvido os seus problemas!

— É que ele é um bom menino, São Miguel. Todos os vizinhos falam que ele é o orgulho da pobre viúva que o botou no mundo. Não é como os demônios que tu pastoreias.

Sei que o Criador nos deu uma noite de sono e de vômitos e, quando o dia chegou, eu e o palhaço acordamos com os olhos alinhados no sofrimento mútuo. Eu o admirei porque ele, mesmo sangrando, esperou com dor e confiou num estranho, e por isso, por essa confiança, estávamos juntos e fortes, fiel companhia um para o outro.

O homem, de rosto inchado e com a roupa ensanguentada, arrastou-se na minha direção e começou a falar. Disse que era dono e palhaço do Circo Tapajós, que a sua mulher o traíra com um soldado, que os dois o tinham envenenado e mandado espancá-lo até a morte. Nós, ele falou com o seu hálito incendiado de venenos, tínhamos que ir à delegacia. Ele falaria com o delegado, que já conhecia, pediria providências e voltaria a reinar sobre o circo e os tapajós leais – os malabaristas, o acrobata, o mágico e os operários —, que deviam estar indagando do seu paradeiro.

Escorados um no outro, passamos entre os populares assustados da manhã de Coruripe e logo chegamos à cadeia pública. Primeiro causamos estranhamento, inclusive porque as nossas roupas fediam, mas a nossa história comoveu o delegado. Tanto, que ele mandou recado para que a sua própria esposa viesse correndo em socorro, trazendo um café mais ou menos guarnecido e curativos para as nossas feridas de homens traídos pelo mundo. Eu fiz questão de registrar também a mágoa que me queimara na estrada. Contei para o delegado que tinha sido amarrado e roubado por um meganha, que havia um menino precisando de resgate e que o caso exigia ação expedita e severa.

Numa sala contígua à do chefe de polícia, que servia para custódia dos presos, o bom delegado improvisou um alojamento e deixou que eu e o palhaço descansássemos pelo resto da manhã, enquanto mandava os guardas buscarem acusados e testemunhas.

Ao meio-dia, fomos acordados com a zoada armada na delegacia, um verdadeiro circo, e, para nosso conforto, todos os acusados já haviam confessado a culpa para o delegado honesto e durão. Os tapajós decentes estavam muito revoltados com a esposa do palhaço, que tinha agido como mulher de ladrão. Naquele momento também se revelou a valia dos soldados da guarda, que bloqueavam a porta da cadeia e impediam a turba, dezenas de populares, de invadir o prédio e espancar os criminosos.

Eu e o palhaço ficamos frente a frente com a adúltera e o soldado, e o delegado nos permitiu esbofeteá-los, mas meu novo amigo se recusou a fazê-lo, talvez por dó, talvez por resto de amor, o que acabou dando no mesmo. A mim não me comoviam as lágrimas daqueles dois, mas o fato de o mascate não ter sido encontrado me deixava muito indignado, tanto que perguntei ao chefe da lei:

— O senhor não vai meter algema nesses cretinos? Olha que eles podem fugir.

— Esse negócio de algema é coisa de cinema. Delegacia do interior não tem isso, não – ele respondeu.

— Então amarra os dois de sisal. Nos pés e nas mãos. Essa gente é perigosa, veja que eu estou avisando...

Durante alguns dias o circo ficou sem apresentação, com todos os tapajós curando o chefe e também o herói que salvou o chefe. Mas não levou muito tempo e eu, com a experiência que já tinha, fui declarado gerente dos shows e achei que estava na hora de retomar os espetáculos. Inventei novos números e, para recuperar o tempo perdido pela companhia, criei uma comédia sentimental, uma encenação romântica para ser interpretada ao fim dos espetáculos. O roteiro, que escrevi nas folhas de um caderno de notas enquanto me recuperava, era nada mais do que a encenação da traição feita a seu Gervásio da Conceição, ele mesmo, o palhaço Xeleléu, o dono do circo, que não se importou em ver divulgado o seu drama de corno.

No sábado tivemos uma matiné muito morna, cobrando alguns centavos das crianças pobres de Coruripe, mas à noite uma grande multidão fez fila na porta para ver "Amor com Amor se Paga", a encenação cheia de farsa anunciada no alto-falante da cidade. O palhaço Xeleléu interpretou o seu papel na vida real, e as feridas recentes até davam realismo à peça. Já Adamastor foi o nome falso que escolhi para encarnar o herói que comprou leite. Maquiamos dois mecânicos do circo para que ficassem muito feios interpretando a adúl-

176 *Franklin Carvalho*

tera e o soldado da perfídia, recriamos a figura do delegado honesto e homenageamos a polícia. Metemos muita graça e patacoadas naquela gesta, mas também o drama necessário da realidade e finalizamos com uma lição de moral, cantando para Nossa Senhora.

A plateia riu e chorou solto com a nossa apresentação. Tanto que, ao final, foi difícil convencer aqueles homens e mulheres de que o espetáculo tinha acabado. Os mais idosos não se conformavam em sair sem vir nos abraçar e dizer que éramos talentosos e que a nossa moral servia de exemplo para toda a humanidade. A coisa fez tanto sucesso que a casa encheu por semanas e semanas, gente das roças e das cidades vizinhas vinham ver, e ganhamos muito dinheiro. Até mesmo numa matinê tivemos que encenar "Amor com Amor se Paga", mas só entraram jovens com mais de catorze anos, já que o tema poderia chocar os menores.

Eu, que não amo ninguém 177

Casa cor de jambo

Tantos anos já se foram, em que ano estamos? 1979, mas o acontecido na saída do Penedo, até hoje eu não consigo esquecer. Tive que levar muito tempo para abrandar a raiva daquele encontro com o meganha, o tal explorador de criança. Vez em quando ainda voltam à memória aqueles olhos de fogo, por isso eu remoo a história toda. Até pouco tempo atrás, andando pelo meio de multidões, às vezes eu via uma face que me lembrava o maldito. Eu começava a seguir os sujeitos e só depois reparava que os tipos eram muito burros e dóceis, ou mancavam, ou gaguejavam, e eu nunca encontrei ninguém de quem pudesse cobrar a dívida.

Durou muito a minha raiva, e eu bebia por ela, querendo que uma mancha de sangue marcasse algum dos meus olhos, e as pessoas na rua se assustassem com a minha cara, tivessem medo de me incomodar. Rosa, minha mulher, lutou para que eu abandonasse a mágoa, que eu vivesse somente do amor por ela. Ah, mas eu queria ser ruim, pelo menos metade ruim, meu lado bom ser só o amor por Rosa, mas a outra parte ser todo aquele ódio que senti e ainda mais, a sombra espalhada daquele ódio.

E Rosa mesmo, ao me ver contando essas histórias, diz que nada tem importância, pois devíamos ser outros depois

Eu, que não amo ninguém 179

de casados. Tanta memória, ela me explicou, a memória é uma forma de traição ao nosso amor. Todos os dias ela me cura, cozinhando e me penteando. Vejo-a na varanda de casa e isso me serve de remédio.

Conto que prometi ao Jurupari relatar a dor do Engenho Novo, e que ao final ele me abençoou com meu casamento, minha vida e com esta casa, mesmo sem eu ter ficado com o dinheiro do pó atrativo. "Mas só a parte do Engenho, tá certo?" ela me cobra, e diz que o Jurupari também é um mentiroso. Eu digo que sim e roubo no peso, já me vejo aqui, falando do mascate e outros adiantados. Depois, tento encurtar a história, louco para voltar para o regaço da minha mulher. Um pouco deixo o casamento, um pouco fujo da memória. Por isso falarei rápido no encerramento, como quem bebe a última cerveja antes de voltar para casa.

É justamente sobre Rosa, sobre a maneira como eu encontrei a minha companheira, que eu quero contar, mas de forma muito breve, porque tudo tem um encadeamento só. Além disso, estamos tratando de mulheres e de amor, queira ou não queira, e posso mostrar meu exemplo de romance, ignorando por enquanto polêmicas e políticas, assuntos também interessantes.

Viajei muito até tornar-me morador de Alcântara. Repare naqueles retratos que estão lá na sala e que daqui do balcão do armazém dá para ver de esguelha, quando a gente se dobra um pouco. Eu, de terno preto, com a Rosa ao lado, no dia de nosso casamento, eu de terno branco, com os vizinhos, em dia de festa na igreja.

Hoje a gente vive sossegado, na casa que comprei com aval do meu sogro. Estamos no centro do mundo, perto de todos os nortes, e a uma hora de barco de São Luís do Maranhão. Fico na administração do porto, mas dá para tocar o armazém com a mulher e um moleque que eu remunero, e consigo tempo para ler muito. Sou funcionário público instruído, sem medo de invejas, porque não me gabo das coisas. Já Rosa, mesmo grávida, ainda faz doces e bolos para vender, doces quentes e morenos como a sua pele.

Depois de uns meses no Circo Tapajós, rodando Alagoas e Pernambuco, consegui algum dinheiro, me despedi do meu amigo palhaço e tentei a ilusão de montar um negócio próprio em Juazeiro, na Bahia. Eu conhecia a região, já havia tido uma namorada por lá, e resolvi abrir um bar na parte velha da cidade. Nada de luxo, coisa simples, uma casa de bebida e sinuca. Lembro que havia uma parede forrada de garrafas de cachaça que eu mesmo fazia com infusões de cascas, raízes e frutas de várias plantas, como umburana, camaçari, jatobá, caju, umbu, abacaxi, erva-doce, capim-cidreira, cambuí, murici, laranja e até cachaça com salada de tomate e cebola. Não tinha muito lucro, mas fui ficando conhecido na cidade e ganhando tudo o que era mulher nova. Algumas ficavam do lado de fora, até altas horas, esperando eu baixar a porta de ferro do comércio.

Naquele tempo, vi acontecer de tudo o que a influência da cachaça pode provocar. Vi peão boiadeiro que mascava fumo com pó de vidro para ferir a gengiva e fazer o alcatrão entrar mais rápido no corpo, vi brigas e romances improváveis e vi mulher que incorporava santo do nada e quebrava tudo. Também vi garrafa desaparecer por obra de entidade, e ninguém mais achá-la, e vi copo voar de mesa sem ninguém tocá-lo.

Ainda tive que endurecer com quem não queria pagar conta ou perturbava os fregueses, e conheci ladrão e pistoleiro que me trataram muito bem, me deixavam gorjetas. Atendi homens que choravam embriagados como bebês, falando de alguma amante, e que depois sumiram envergonhados, curados ou enganados novamente. Mas aquele negócio do bar não deu certo, nem para o meu bolso nem para a minha paciência. Era como estar preso num atoleiro, vendo teias de aranhas crescerem nos meus braços e nos cantos do boteco. Precisava encontrar alguma oportunidade para me lançar de novo na vida.

Foi então que aconteceu o que eu chamei de noite dos abacaxis. Era apenas uma noite quente e iluminada no mês de janeiro de 1971, uma semana depois das folias de Reis. Eu passeava sozinho perto da ponte que liga Juazeiro a Petrolina quando ouvi muitos gritos e a correria do povo em direção ao Rio São Francisco. Fui depressa para lá também, e, ao contrário do que esperava, alguma notícia ruim, encontrei uma farra de abacaxis. As frutas eram descidas aos cestos de três caminhões e vendidas assim que tocavam o chão, ou antes de tocá-lo, pelos dez centavos que custavam cada uma. O valor era irrisório já naquele tempo, uma pechincha.

Os homens mais velhos, brutos, partiam os abacaxis ao meio nas pedras pontudas das calçadas e nas quinas das paredes, e invadiam a carne da fruta com seus dentes famintos. Os meninos imitavam os adultos e estavam felizes como anjos, potentes, pois o pouco dinheiro dos bicos que faziam lhes permitia gozar tanto quanto os pais. Os casais e grupos de namorados também se regozijavam, presenteando-se aquelas flores-coroas, e comendo-as sorridentes, sem cerimônias.

Eu fiquei maravilhado com tanto sucesso e fui procurar o dono do negócio, um velho chamado Manoel Caixa. Ele me explicou que as frutas iam ser levadas para o Recife, mas estavam muito amadurecidas e poderiam ser perdidas, daí tinha sido melhor vendê-las barato. O homem reclamou que aqueles prejuízos aconteciam porque era muito ocupado e nuca conseguia arrumar bons empregados. No meio da conversa eu contei das minhas experiências e me candidatei para o serviço. No outro dia já viajava naquele mesmo caminhão, engajado no comércio de frutas como se nele tivesse nascido.

Assim foi que eu andei o Nordeste inteiro, aprendi a dirigir e assumi o volante do caminhão muitas vezes, comprando melancia, vendendo laranja, levando manga e banana para as feiras. Até mesmo coco, camarão e caranguejo eu ajudei a negociar, e também tomei a frente quando seu Manoel tirava uma folga. Tornei-me homem de confiança dele, com direito a dar opinião, e fiquei sem vontade e sem tempo de beber mais nada. Só ganhava responsabilidades e queria descanso e conforto. Por fim, encontrei o Maranhão.

Depois que conheci São Luís do Maranhão, volta e meia eu achava um jeito de ir parar na cidade. Estivesse onde estivesse, telefonava para Manoel Caixa e conseguia um serviço para subir ao norte. A sensação que eu tinha era aquela volúpia de quem encontrou o mel da vida. Adorei a sombra dos

Eu, que não amo ninguém 183

casarões azulejados, as grandes tempestades sobre os rios e a baía, a luz do céu profundo e todas as músicas das matas e das fronteiras ecoando na noite misteriosa e quente. Onde eu chegava, com dinheiro ou sem dinheiro, encontrava amor puro. As mulheres e os amigos no Maranhão sumiam nas festas, melindrosos, mas era só de brincadeira, eles estavam justamente nos lugares em que íamos procurar no final da noite. Bastava esperar na esquina e a sorte aparecia cada vez mais bela e gentil, com o coração dócil. Até mesmo o camarão que havia à farta, os banhos de mar, os jogos e as danças, tudo tinha jeito de namoro.

A vontade de me mudar para aquela terra foi crescendo tanto que arrumei emprego como motorista no Maranhão, e logo motorista do governo do estado. Despedi-me do meu chefe das frutas, aluguei vaga numa pensão familiar e me mudei para São Luís. Passaram-se dias, meses e o contentamento não diminuiu, pelo contrário, me apeguei mais a esses ares maranhenses. Na sequência, fui trabalhar com as equipes que abriam estradas pelo interior do Maranhão e conheci dona Jandira, a engenheira-chefe, que se tornou uma parceira. Pessoa segura e serena, profissional de qualidade superior, com ela eu já tinha uma referência perene em São Luís.

Dona Jandira era cinquentona, divorciada, viajada por todo o mundo, e sempre reunia amigos na sua casa, lá na praia do Calhau. Ela tinha por costume, naquelas oportunidades, oferecer a degustação de caranguejos, de churrasco, de peixadas e o que aparecesse nas feiras e nos mercados, cada vez um prato diferente. Eu sempre era convidado, muito considerado naquela casa, e me encarregava de fazer os coquetéis ou de servir o uísque. Foi numa história de preparar aquelas festas que a chefe me chamou a atenção para Rosa.

Eu e a chefe estávamos procurando mocotó, no fim de uma manhã muito quente, no Mercado Central de São Luís. Encostamos numa banca cheia de ossos e eu quase dormia, mas dona Jandira me cutucou, apontando a moça que vinha atender a gente. Quando reparei em Rosa, aquela índia de face delicadíssima, alta e tão jeitosa, o meu futuro veio inteiro na cabeça. Fiquei parecendo um besta, distraído, com a mão em cima das carnes da moça, das carnes que ela vendia, mas dona Jandira estava atenta. Ela reclamou que o mocotó era pouco, teria muitas visitas. Rosa parecia estar muito cansada, mas disse que havia mais mercadoria guardada no depósito, era ali perto, iria buscar. A engenheira não fez uma cara muito boa, mas como não tinha outro lugar onde procurar, acendeu um cigarro e começou a contar o tempo de espera.

Eu, enfeitiçado, obedeci às ordens de todas as pernas e fui atrás de minha índia, apressado, até que ficamos emparelhados, caminhando. Logo revi as carnes do mercado com outros olhos, a minha imaginação excitada. As maminhas me lembravam o meio de duas pernas, os chãs de dentro brilhavam como axilas úmidas e tesas, e os músculos e as picanhas, os moles cupins trespassados pelos ganchos duros, até mesmo o sangue de boi, tudo era parte do atlas do corpo humano.

Saímos do mercado e encontramos logo o tal depósito, um quartinho acanhado, onde eu entrei flutuando assim que ela abriu a porta.

— Não precisava o senhor ter vindo comigo, não – disse ela, com voz séria, pisando no meu coração.

Eu, que não amo ninguém 185

— A gente não faz só o que precisa, a gente faz muita coisa por amor.

— Mas a sua mulher está lá fora lhe esperando. Que é que ela vai pensar?

— Ah, dona Jandira? Não é minha mulher não, moça, ali é minha patroa... Quer dizer, patroa de chefe, do meu trabalho...

Dentro do depósito havia uns sacos de farinha do pessoal do mercado, ótimos para serem usados como colchões, além de um balde com mocotó perfumando tudo. De repente, eu ouvi a chuva batendo no telhado, chuva torrencial daquelas que sempre caem nas tardes de São Luís e que podem ser usadas como pretexto para qualquer coisa, atraso, pressa, desídia, epifania ou abandono de emprego. O que parecia fácil e ganho, no entanto, resultou numa conversa fria pois Rosa, embora tivesse suas experiências com homens, não se entregou, nem beijo queria. Ela não me deu moleza mesmo, e voltamos em meio à tempestade, evitando bicas e poças, para a banca de carne onde dona Jandira já tinha até vendido uma das peças. A chefe fingiu-se de inocente, pagou o mocotó e me apressou no retorno para casa.

Depois daquele dia, eu voltei ao mercado muitas vezes, mesmo sem receber nenhum olhar de esperança, e acabei conhecendo os pais de Rosa, gente daqui de Alcântara, pessoas de poucas falas e de olhar desconfiado. Eles foram me tolerando, do jeito próprio e turrão daquela família, e me pediam sempre algum favor. Às vezes queriam que eu transportasse alguma carne no carro do meu serviço, ou que eu tomasse conta da barraca por algumas horas, e eu fazia com boa vontade. Mas era, a família inteira, avessa a muita conversa.

186 *Franklin Carvalho*

Cheguei mesmo a desistir da conquista, e voltava na barraca só para manter o convívio com aquela gente arredia. Fui ficando igual a eles e descobri que no fundo gostavam um pouco de mim. Quase diariamente eu passava na banca após o almoço. Nas manhãs dos sábados, tomava um café por lá, puxava uma cadeira e ficávamos sonolentos, a família toda, até que algum estranho viesse nos incomodar no balcão. Atendíamos o sujeito com má vontade e depois voltávamos à nossa paz de cansados. Mas os parentes de Rosa nunca me convidavam para ir à casa deles, que ficava lá no bairro da Madre Deus, e aquilo tirava o meu ânimo para outras coisas. Eu já nem visitava dona Jandira.

Aí, teve um dia em que a minha chefe me chamou, ouviu meu desabafo e interveio em boa hora, como uma madrinha, desfazendo aquela modorra. Ela me botou na estrada, me fez viajar enormes distâncias dirigindo um Jeep para a equipe de topografia, para que eu me acalmasse nas matas e nas praias de mangue do oeste maranhense. Foi então que aprendi a conviver verdadeiramente com o mistério e endureci a pele e o coração para aguentar os mosquitos, a saudade e a solidão úmida das terras do Equador. Aguentei a frieza das camas duras das pensões improvisadas, a enormidade dos quartos sem forro, a comida paupérrima de alguns povoados, quase somente arroz, e o olhar inquisidor dos nativos.

Depois de dois meses, deixei o carro da empresa numa cidadezinha e retornei. Fiz uma viagem medonha, enfrentando o mar num barco pequeno que parecia rachar ao meio quando atravessava o miolo das ondas. As águas entravam por todas as frestas e todos os poros e somente a bagagem,

Eu, que não amo ninguém 187

guardada num depósito minúsculo, teve a sorte de permanecer enxuta.

Varei a noite e o frio com os olhos vidrados e cheguei a São Luís em dia de festa. Era 13 de junho de 1976, me lembro até hoje. Eu e outros colegas do serviço descemos no cais já no fim da tarde. Fomos nos banhar numa pensão, colocamos roupas novas e rumamos para a igreja de Santo Antônio, que estava decorada de bandeirolas na festa do padroeiro. Queríamos encontrar alguma dona iludida de casamento, mas nem levávamos aquela ideia a sério, porque estávamos exaustos da viagem. Depois que a missa acabou, ficamos assistindo às danças de algumas quadrilhas, até que me pediram para dirigir uma caminhonete que levaria uns brincantes para um arraial na Madre Deus. Eu fui.

A noite estava muito bonita, muito clara. Às vezes, a caminhonete ameaçava virar com toda aquela gente embriagada que gritava em cima dela, homens e mulheres se roçando nas curvas escuras, doidos para que a viagem demorasse. Muito cansado e mal-humorado eu tremia, chegava a suar frio com pavor de que ocorresse um acidente, e chamava por São Cristóvão, já fazendo promessas para o dia do santo em julho. Quase que desmaiava, mas, por sorte, antes disso, o carro chegou ao destino.

Ainda tonto e trêmulo, desci da cabine e percebi que meus conhecidos haviam sumido, todos saíram correndo atrás das moças. Eu estava abandonado no meio da multidão que só crescia, cercado de gambiarras, barracas, dançarinos das quadrilhas, crianças, galinhas, porcos, cachorros e outros animais. Vários grupos de bumba-meu-boi tocavam suas músicas, cada um num canto da rua, com instrumentos diferentes, sopro, matracas e tambores de todos os tamanhos. A fumaça das fogueiras e da pólvora dos fogos se misturava com o cheiro de bebida, de diamba e de carne assada. Uma mulher me tocou, eu levantei a cabeça e falei de uma vez:

— Dona, eu acho que estou com febre.

— Não está me conhecendo mais, não?

— Eu sei que é você, Rosa, mas estou muito fraco. Você é linda, mas tenho febre, olha... Você me ajuda?

— Onde você esteve? A gente não ia casar?

— Casar? E a gente ia?

— Você não soube pedir a minha mão, João. Dona Jandira falou com o meu pai. Ele aceitou.

Depois de dizer aquilo, ela me levou para a sua casa ali perto e me deitou numa rede, onde eu descansei e acordei com saúde para sempre. Dali a mais um mês já estávamos casados, dona Jandira por madrinha minha, e fomos morar por um tempo lá mesmo na Madre Deus.

Até hoje, já se passaram três anos, eu não me arrependo de ter esperado tanto, a vida inteira, por essa felicidade. Casei com quarenta e sete anos de idade, mas foi com a mulher mais linda, a que ninguém pode ter. Hoje ela está ainda mais bonita, um jambo dourado e redondo.

Fora isso, não há nada mais no mundo, só o céu azul e a luz que o Divino espalha com seu sol esplendoroso. Até mesmo as lembranças, quer sejam ódios, quer sejam amores, delas também fazemos doces, Igual a tudo o que eu acabei de contar. E eu moro nessa mulher que encontrei.

Eu, que não amo ninguém 189

É o que eu digo: cada história que se conta é como a combinação de dois amantes. Precisa de curvas, de passagens secretas, de socavões escuros, de desencontros e de mentiras. Precisa ser entremeada de ventos quentes e frios, de arrepios inesperados logo interrompidos pela dilatação e pelo estalo dos nervos. E, finalmente, precisa de êxito. Desconfio de uma história que não se engana, que não se perca, que não se reencontre mais à frente.

E essa é a história completa que eu conto para me distrair e não me esquecer. Certo é que tem seus falseamentos, como me pediu o Jurupari, mas fala do medo que tivemos juntos, eu e o patrão, de quando éramos solteiros. Do chefe que não conseguia ter irmão nem mulheres, e que me contou, quando do eu já ia embora, das tais privações que havia sofrido ao assumir o engenho, que o tornaram muito amargo. Ele se dividia entre prosseguir os estudos e cuidar da pouca herança da família, entre morar na capital e no interior, entre ser humano ou monstro, entre ser tragado pela terra ou se desfazer de tudo. E inventou, então, um irmão que urrasse contra os céus.

Nós dois acreditávamos que seria possível encontrar companhia nas fogueiras que acendíamos, nas lágrimas, no vazio e na pobreza, todos esses recursos que a juventude considera seus luxos, mas que são efêmeros como o pôr do sol, a beleza, ou mesmo o tempo, tudo perecível. Pensávamos ter algo para trocar, mas nossas moedas eram de barro e de açúcar, então a vida nos entregou algumas coisas de graça.

Por uma felicidade do destino os homens nunca estão sozinhos. Desde o começo dos tempos eles são tangidos juntos, salvos por irmandades, levantados em massa, partilham dores e estranhamentos, têm existências semelhantes. Ninguém é diferente, nem aquele que ora só, como Francisco dos Anjos.

Eu mesmo, que nunca fui muito integrado, ainda hoje não levo uma vida religiosa como a minha mulher tem e quer para mim, de participar de vias-sacras e de novenas, mas vou com gosto às procissões e missas mais importantes, justamente para apreciar as pessoas. Depois das festas, eu e ela voltamos para casa com ramos, com pães, com velas bentas e o zum-zum-zum das falas dos vizinhos, que nos acompanham até a nossa rua.

Na verdade, o que eu gosto nas rezas e festas e brincadeiras é de olhar os pés rachados, os olhos despertos e os cabelos e frontes suados de mulheres e homens aflitos com o calor. Guardo por meses a lembrança dos olhares das velhas, das bochechas redondas de pescadores escuros como a noite, dos lenços tortos das mães de família e das meninas e meninos que adolescem desengonçados, vestindo as mesmas roupas dos tempos de criança. Assim também é na feira, no bar, na pescaria, nas eleições, no Tambor de Mina. Nessas coisas me aumento, me encarno, enquanto o medo da vida e da morte fica mordendo do outro lado, tentando me engolir.

O medo molha os pés de Deus e dos homens, e Deus sabe como não afundar, então temos que aprender também. Começa disso: humano é quem escolhe ser humano e vê todos como humanos. Quem tem fé nos homens salva todos os homens.

Eu, que não amo ninguém 191

Esta obra foi composta em Absara e
impressa em papel pólen 80 g/m² para a
Editora Reformatório, em abril de 2021.